GABRIEL GARCÍA MÁRQUEZ

KIRMIZI PAZARTESİ

İŞLENECEĞİNİ HERKESİN BİLDİĞİ BİR CİNAYETİN ÖYKÜSÜ

Can Çağdaş

Kırmızı Pazartesi, Gabriel García Márquez
İspanyolca aslından çeviren: İnci Kut
Crónica de una muerte anunciada

1. basım: 1982
73. basım: Kasım 2022, İstanbul
Bu kitabın 73. baskısı 20 000 adet yapılmıştır.

Dizi editörü: Cem Alpan

Kapak tasarımı: Utku Lomlu / Lom Creative (www.lom.com.tr)

Baskı ve cilt: Melisa Matbaacılık Yayıncılık San ve Dış Tic. Ltd.
Maltepe Mah. Davutpaşa Çiftehavuzlar Sk. No:16 Acar San. Sit.
Zeytinburnu, İstanbul
Sertifika No: 45099

ISBN 978-975-07-2157-1

CAN SANAT YAYINLARI
YAPIM VE DAĞITIM TİCARET VE SANAYİ A.Ş.
Maslak Mah. Eski Büyükdere Cad. İz Plaza Giz, No: 9/25 Sarıyer/İstanbul
Telefon: (0212) 252 56 75 / 252 59 88 / 252 59 89 Faks: (0212) 252 72 33
canyayinlari.com
yayinevi@canyayinlari.com
Sertifika No: 43514

GABRIEL GARCÍA
MÁRQUEZ

KIRMIZI PAZARTESİ

İŞLENECEĞİNİ HERKESİN BİLDİĞİ BİR CİNAYETİN ÖYKÜSÜ

ROMAN

1982 NOBEL EDEBİYAT ÖDÜLÜ

İspanyolca aslından çeviren

İnci Kut

can

Gabriel García Márquez'in Can Yayınları'ndaki diğer kitapları:

Başkan Babamızın Sonbaharı, 1982

Bir Kayıp Denizci, 1982

Şer Saati, 1983

Yaprak Fırtınası, 1983

Yüzyıllık Yalnızlık, 1984

Kolera Günlerinde Aşk, 1989

Labirentindeki General, 1990

Albaya Mektup Yok, 1991

İyi Kalpli Eréndira, 1991

Hanım Ana'nın Cenaze Töreni, 1992

On İki Gezici Öykü, 1993

Aşk ve Öbür Cinler, 1994

Bir Kaçırılma Öyküsü, 1996

Şili'de Gizlice, 1996

Benim Hüzünlü Orospularım, 2005

Anlatmak İçin Yaşamak, 2005

Mavi Köpeğin Gözleri, 2011

Doğu Avrupa'da Yolculuk, 2016

Öyküler, 2021

Yüzyılın Skandalı: Gazete ve dergi metinleri (1950-1984), 2021

GABRIEL GARCÍA MÁRQUEZ, 1928'de Kolombiya'nın Aracataca kentinde doğdu. Hukuk ve gazetecilik öğrenimini yarım bıraktı. 1940'lardan başlayarak uzun yıllar gazetecilik yaptı. Yine aynı yıllarda öykü yazmaya başladı. Yayımlanan ilk önemli yapıtı, *Yaprak Fırtınası*'ydı. *Albaya Mektup Yok*, ülkesi uğruna savaşarak yaptığı hizmetlerin karşılıksız kaldığını anlayan bir subay eskisinin öyküsüydü. Bunu *Hanım Ana'nın Cenaze Töreni* (1962) ve *Şer Saati* (1962) izledi. García Márquez, en tanınmış romanı *Yüzyıllık Yalnızlık*'ı (1967), Meksika'ya ilk gidişinde yazdı. *Yüzyıllık Yalnızlık*'taki bir bölümden esinlenerek yazdığı öykülerini *İyi Kalpli Eréndira* (1972) adlı kitapta toplayan yazar, daha sonra birbiri ardı sıra *Mavi Köpeğin Gözleri*'ni (1972), *Başkan Babamızın Sonbaharı*'nı (1975), *Kırmızı Pazartesi*'yi (1981), *Kolera Günlerinde Aşk*'ı (1985), Simón Bolívar'ın yaşamının son aylarını konu edinen *Labirentindeki General*'i (1989) yayımladı. García Márquez, 1982'de Nobel Edebiyat Ödülü'ne değer görüldü. 2014'te Meksika'da seksen yedi yaşında hayata veda etti.

İNCİ KUT, lise öğrenimini 1960'ta Ankara Koleji'nde tamamladıktan sonra Ankara Üniversitesi DTCF İngiliz Dili ve Edebiyatı ve Varşova Üniversitesi İspanyol Filolojisi bölümlerinden mezun oldu. 1990 yılından başlayarak Miguel Delibes, Gabriel García Márquez, Isabel Allende, Mario Vargas Llosa, José Mauro de Vasconcelos ve José Saramago gibi İspanyol, Portekizli ve Güney Amerikalı yazarların roman ve öykülerini Türkçeye kazandırdı.

"Aşk avına çıkmak,
şahinle avlanmak gibidir."

GIL VICENTE

Santiago Nasar, onu öldürecekleri gün, piskoposun geleceği gemiyi karşılamak için sabah saat 05.30'da kalkmıştı. Rüyasında kendini koca koca incir ağaçlarından bir ormanın içinden geçerken görmüştü, incecik bir yağmur çiseliyordu, bir an için mutluluk duymuş; ama uyandığında üstü başı kuş pislikleri içindeymiş duygusuna kapılmıştı. "Rüyasında hep ağaçlar görürdü," demişti bana annesi Plácida Linero, o uğursuz Pazartesi'nin ayrıntılarını aradan 27 yıl geçtikten sonra anımsarken. "Bir hafta önce de rüyasında, badem ağaçlarının arasından uçarken dalların hiçbirine çarpmadan geçip giden yaldızlı kâğıttan yapılma bir uçağın içinde tek başına oturduğunu görmüştü." Başkalarının rüyalarını, yemekten önce aç karnına anlatmaları koşuluyla, doğru yorumlamakta üstüne yoktu kadının; ama ne oğlunun gördüğü o iki rüyada herhangi bir uğursuzluk belirtisi fark etmişti; ne de ölümünden önceki sabahlarda kendisine anlatmış olduğu daha başka ağaçlı rüyalarında.

Santiago Nasar, kendisi de bu rüyasını kötüye yormamıştı. Üstünü başını çıkarmadan yatıp çok az uyumuş, kötü bir gece geçirmişti; sabahleyin başında ağrı, damağında bakır pasıyla uyanmış, bunları gece yarısından sonraya kadar sürmüş olan düğün eğlencesinin doğal sonucu diye yorumlamıştı. Dahası var: Saat 06.05'te evinden çıktığından başlayıp bir saat sonrasında tıpkı bir domuz gibi boğazlanana kadar geçen sürede rastladığı pek çok kişi, onu biraz uyku mahmurluğu içinde ama keyifli olarak anımsıyordu; hepsine de, pek önemsemez bir tavırla, o günün güzel bir gün olduğu yorumunu yapmıştı. Bunların hiçbiri onun havadan söz edip etmediğinden pek emin değildi. Pek çok kişi, o dönemlerde güzel bir şubat günü beklenebileceği gibi, muz bahçelerinin içinden geçip gelen bir meltemin estiği pırıl pırıl bir sabah olduğu anısında birleşiyordu. Ama çoğunluk, bulanık, kapalı bir gökyüzünün altında durgun sulardan yükselen ağır bir kokunun duyulduğu kasvetli bir hava olduğu, o felaket anında, tıpkı Santiago Nasar'ın rüyasındaki o ormanda gördüğüne benzer ince bir yağmurun çiselediği konusunda söz birliği ediyordu. Bense düğün eğlencesinin ertesinde María Alejandrina Cervantes'in o muhteşem koynunda, telaşla çalınan çan seslerinin şamatasıyla daha yeni uyanmış, kendime gelmeye çalışıyor, çanları piskoposun şerefine çalıyorlar sanıyordum.

Santiago Nasar, beyaz ketenden bir pantolonla gömlek giymişti, her ikisi de kolalı değildi, bir önceki gün düğün için giydiklerinin eşiydi. Sayılı günlerde hep böyle giyinirdi. Piskopos gelecek olmasaydı, babasından miras kalan, pek başarılı olmasa da sağduyuyla yönettiği sığır çiftliği *El Divino Rostro*'ya her Pazartesi giderken giydiği haki renkli giysisiyle binici çizmelerini giyerdi. Araziye çıktığında belinde bir de 357 Magnum taşırdı; dediğine bakılırsa bu yivli silahın kaplamalı kurşunları bir atı bile ortadan ikiye bölebilirdi. Keklik mevsiminde eğitilmiş şahinleriyle birlikte öteki gereçlerini de yanında götürürdü. Dahası, dolabında bir 30.06 Mannlicher-Schönauer tüfeği, bir 300 Holland Magnum'u, çift ayarlı dürbünü olan bir 22 Hornet'i, bir de otomatik Winchester'i vardı. Her zaman, tıpkı babası gibi, yastık kılıfının arasına sakladığı silahıyla birlikte uyurdu; ama o gün evden çıkmadan önce mermilerini içinden çıkarmış, boş silahı komodinin çekmecesine koymuştu. "Onu hiç dolu bırakmazdı," demişti annesi bana. Bunu ben de biliyordum, ayrıca silahlarını bir yerde tuttuğunu, mermileriyse apayrı bir yere sakladığını da biliyordum, hani hiç kimse, o silahları evin içindeyken, rastlantı olarak bile olsa, doldurma hevesine kapılmasın diye. Babası tarafından akıllıca konulmuş bir kuraldı bu, geçmişte bir sabah hizmetçi kızlardan biri kılıfını çıkarmak için yastığı silkelediğinde tabancanın yere çarpıp patlamasıyla kurşunun odadaki dolabı parçalayıp salonun duvarını aşarak savaş patlamışçasına bir gümbürtü içinde komşu evin yemek odasından geçip meydanın ta öte yanındaki kilisenin ana mihrabında duran insan büyüklüğündeki alçıdan bir aziz heykelini un ufak ettiğinden beri. O zamanlar küçücük bir çocuk olan Santiago Nasar, bu talihsizlikten alınan dersi hiçbir zaman unutmamıştı.

Annesinin gözünün önünde oğlundan kalan son hayal, yatak odasının içinden şöyle bir geçmesi olmuştu. Banyodaki ecza dolabında el yordamıyla aspirin bulmaya çalışırken annesini uykusundan uyandırmış, kadın da ışığı açınca, elinde bir bardak suyla, kapıda durduğunu görmüştü; sonsuza dek unutamayacağı bir görüntüydü bu. Santiago Nasar işte o sırada anlatmıştı gördüğü rüyayı ama annesi ağaçları hiç önemsememişti.

"Kuşlarla ilgili tüm rüyalar hayırlıdır," demişti ona.

Anıların kırık aynasını ortalığa saçılmış incecik onca parçadan bir araya getirme çabasıyla bu unutulmuş kasabaya geri döndüğümde, yaşlılığının son demlerinde onu bulduğum aynı hamakta yine aynı biçimde yatarken bakıp görmüştü o sabah oğlunu. Günün yalın aydınlığında bedeninin çizgileri zar zor seçilebiliyordu, oğlunun yatak odasına son uğradığında kendisine bıraktığı geçmek bilmez baş ağrısına karşı kullandığı şifalı yapraklar vardı şakaklarında. Yan yatmış, doğrulmaya çalışırken hamağın baş kısmındaki agave elyaflarından yapılma iplere tutunmuştu, odanın alacakaranlığında cinayetin işlendiği sabah beni şaşırtmış olan aynı vaftizhane kokusu vardı.

Kapının eşiğinde görünür görünmez beni Santiago Nasar'ın hayaliyle karıştırdı. "İşte tam orada duruyordu," dedi bana. "Yalnızca duru suyla yıkanmış beyaz keten giysisi vardı üstünde, çünkü teni öyle narindi ki, kolanın hışırtısına hiç dayanamazdı." Oğlunun geri döndüğü sanrısı geçip gidene kadar uzunca bir süre hamakta öylece oturdu, çayırteresi tohumları çiğneyip durdu. Sonra da içini çekti, "O benim hayatımın erkeğiydi," dedi.

Anasının belleğindeki gibi gördüm ben de Santiago Nasar'ı. Ocak ayının son haftası 21 yaşını bitirmişti, ince uzundu, soluk benizliydi, Araplarınki gibi gözkapaklarıyla kıvırcık saçlarını babasından almıştı. Kadının bir an bile mutluluk getirmemiş bir mantık evliliğinde sahip olduğu tek çocuğuydu o. Çocuk, babasının yanında mutlu olmuştu, ta ki üç yıl önce babası ansızın ölene kadar. Öldürüldüğü o Pazartesi gününe kadar da, tek başına kalan anasının yanında babasına benzemeyi sürdürmüştü. İçgüdüsünü anasından almıştı. Babasından da çok küçük yaştan başlayarak ateşli silahları kullanmayı, at sevgisini, yüksekten uçan av kuşlarını eğitmeyi öğrenmişti, ayrıca cesaretli olma sanatını da, ihtiyatlı olmanın yollarını da babası öğretmişti ona. Baba oğul, aralarında Arapça konuşurlardı; ama kendini dışlanmış hissetmesin diye Plácida Linero'nun yanında konuşmazlardı hiç. Kasabaya silahlı olarak indikleri hiç görülmemişti, eğitilmiş şahinlerini kasabaya bir tek kez götürmüşlerdi, o da yardım amaçlı bir panayırda yırtıcı kuş yetiştiriciliği konusunda bir gösteri yapmak içindi. Babasının ölümü üzerine, ailenin çiftlik işlerini üstlenebilmek için liseyi bitirdiğinde okulu bırakmak zorunda kalmıştı. Santiago Nasar kendi doğası gereği neşeliydi, barışçıldı, açık yürekliydi.

Onu öldürecekleri gün, annesi oğlunu beyazlar giymiş görünce günlerini şaşırdığını sanmıştı. "O günün Pazartesi olduğunu hatırlattım ona," dedi bana. Ama oğlu, olur ki piskoposun yüzüğünü öpme fırsatını bulur diye böyle şık giyindiğini söylemişti. Annesiyse en küçük bir ilgi belirtisi göstermemişti.

"Piskopos, gemiden inmeyecektir bile," demişti ona. "Her zamanki gibi görev gereği hayır dua edecek, geldiği gibi dönüp gidecektir. Bu kasabadan nefret eder o."

Santiago Nasar da öyle olacağını biliyordu; ama kilisenin debdebesi karşı konulmaz derecede büyülüyordu onu. "Tıpkı sinema gibi," demişti bir defasında bana. Oysa piskoposun gelişinin annesini tek ilgilendiren yanı, oğlunun yağmur altında ıslanabilecek olmasıydı, çünkü uykusunun arasında aksırdığını duymuştu. Yanına şemsiyesini almasını tembih etmiş; ama oğlu ona eliyle bir veda işareti yaptıktan sonra odadan çıkıp gitmişti. Bu onu son görüşü olmuştu.

Aşçı kadın Victoria Guzmán, ne o gün ne de şubat ayı boyunca yağmur yağmadığından emindi. "Tam tersine," dedi bana, ölmeden kısa bir süre önce ziyaretine gittiğimde, "güneş ağustostakinden daha erken ısıtıyordu ortalığı." Santiago Nasar mutfağa girdiğinde o, çevresi soluk soluğa köpeklerle sarılı olarak, öğle yemeği için üç tane tavşanı parçalamaya çalışıyordu. "Sabahları hep kötü bir gece geçirmiş gibi bir suratla kalkardı," diye anımsıyordu Victoria Guzmán, içinde hiçbir sevgi duymadan. Daha yeni gelişip serpilmeye başlamış olan kızı Divina Flor, bir önceki geceden kalma sersemliği üstünden atabilsin diye, her Pazartesi yaptığı gibi, içine bol miktarda şekerkamışı alkolü katılmış koca bir fincan kopkoyu kahve getirmişti ona. O koskoca mutfak, ateşin çıtırtıları ve tüneklerinde uyuyan tavuklarıyla, ağır ağır soluk alır gibiydi. Santiago Nasar, bir aspirin daha çiğnemiş, ocağın üzerinde tavşanların içini temizlemekte olan iki kadından bakışlarını ayırmadan, derin derin düşünerek, oturup kahvesini yavaş yavaş yudumlamaya koyulmuştu. Victoria Guzmán yaşına rağmen hiç bozulmamıştı. Henüz biraz kaba saba olan kızıysa, hormonlarının coşkusundan soluk soluğa görünüyordu. Santiago Nasar, boş fincanı elinden almaya geldiğinde kızı bileğinden yakalamıştı.

"Artık evcilleştirilecek yaştasın," demişti ona.

Victoria Guzmán da elindeki kanlı bıçağı göstermişti ona.

"Çek elini kızımdan, beyaz adam!" diye buyurmuştu ciddi bir tavırla. "Ben hayatta oldukça sen o pınardan içemezsin."

Tam yeniyetmelik yaşlarındayken İbrahim Nasar baştan çıkarmıştı Victoria Guzmán'ı. Çiftliğin ahırlarında yıllarca gizli gizli sevişmişti kızla, sevgisi tükenince de hizmet etsin diye onu alıp evine götürmüştü. Kadının daha sonraki kocasından olan kızı Divina Flor, kaderinin Santiago Nasar'ın kaçamaklar yaptığı yatağına girmek olduğunu biliyor, bu düşünce onu şimdiden kaygılandırıyordu. "Öyle bir adam bir daha anasının karnından doğmamıştır," dedi bana, o tombul, pörsümüş haliyle, çevresi başka başka aşkların meyveleri olan bir sürü çocukla sarılı olarak. "Hık demiş babasının burnundan düşmüştü," diye karşılık verdi Victoria Guzmán da. "Cenabet herifin biriydi." Ama tavşanlardan birinin iç organlarını kökünden söküp dumanı tüten işkembeyle bağırsakları köpeklerin önüne attığında Santiago Nasar'ın nasıl dehşete kapıldığını hatırlayınca bir an korkuyla ürpermeden edememişti.

"Bu kadar acımasız olma," demişti ona Santiago Nasar. "Onu bir insan olarak düşünsene."

Savunmasız hayvanları öldürmeye alışmış bir adamın birdenbire böyle dehşete kapılabileceğini anlaması Victoria Guzmán'ın neredeyse yirmi yılını almıştı. "Yüce Tanrım!" diye bağırdı korku içinde. "Demek içine doğmuş!" Yine de cinayet sabahı içinde geçmişten kalma öyle çok hınç vardı ki, sırf Santiago Nasar'ın kahvaltısını berbat etmek için köpekleri öteki tavşanların iç organlarıyla beslemeyi sürdürmüştü. İşte tam o sırada piskoposu getiren geminin tüyler ürpertici düdük sesleriyle tüm kasaba uykusundan uyanmıştı.

Ev, duvarları kaba saba kalaslardan yapılmış, iki katlı eski bir ambardı, çatısı iki yana da eğimli çinkodandı, üstünde limandaki artıkları gözleyen akbabalar bekleşirdi. Irmağın adamakıllı işe yaradığı zamanlarda yapılmıştı, o zamanlar denizde işleyen mavnalar, hatta bazı açık deniz gemileri, haliçteki bataklıkların arasından buralara kadar sokulmayı göze alırdı. İbrahim Nasar, içsavaşların ardından oraya son gelen Araplarla birlikte çıkageldiğinde, ırmak yer değiştirdiğinden gemiler artık gelmez, bu ambar da kullanılmaz olmuştu. İbrahim Nasar, hiçbir zaman açamadığı bir ithal mallar dükkânı açmak üzere burayı pek ucuza satın almış, ancak evleneceği zaman onu içinde yaşanacak bir eve dönüştürmüştü. Zemin kata her işe yarayan bir salon, dip kısmına da dört hayvan konulabilecek bir ahır, hizmetçi odaları, pencerelerinden sularının pis kokusunun her saat içeri girdiği limana bakan bir çiftlik evi mutfağı yapmıştı. Salonda dokunmadığı tek şey, bir batık gemiden kurtarılmış olan sarmal merdiven olmuştu. Eskiden gümrük bürolarının bulunduğu üst kata iki tane geniş yatak odasıyla ileride sahip olacağını düşündüğü bir sürü çocuk için beş tane küçük oda yapmış, meydandaki badem ağaçlarının üzerine, Plácida

Linero'nun mart akşamlarında yalnızlığını avutmak için oturduğu ahşap bir de balkon inşa etmişti. Yapının cephesindeki ana kapıya hiç dokunmamış, tornadan çekilmiş kulpları olan boydan boya iki pencere açmıştı. Arka kapıyı da olduğu gibi bırakmış, yalnız at sırtında geçebilmek için boyunu biraz yükseltmişti, ayrıca eski rıhtımın bir bölümünü de kullanılır halde bırakmıştı. Yalnızca hayvan yemliklerine ve mutfağa kolaylıkla ulaşıldığından değil, meydandan geçmeye gerek kalmadan yeni limanın sokağına da açıldığından, en çok kullanılan kapı buydu. Öndeki kapı, bayram günleri dışında, kol demiri takılı olarak kapalı dururdu hep. Ama yine de Santiago Nasar'ı öldürecek olan adamlar onu arka kapıda değil, bu ön kapıda bekliyorlardı; limana varmak için evin etrafında tam bir tur atması gerektiği halde, o da piskoposu karşılamak için bu kapıdan çıkmıştı.

Onca talihsiz rastlantıya kimse akıl sır erdiremiyordu. Bunları Riohacha'dan gelen sorgu yargıcı da kabullenmeye cesaret edemeden hissetmiş olsa gerekti, çünkü bu sorulara mantıksal bir açıklama getirme çabası soruşturma raporunda da kendini açıkça belli ediyordu. Meydana açılan bu kapıya, gazete tefrikalarına layık bir biçimde *La Puerte Fatal*[1] denilerek raporun pek çok yerinde değiniliyordu. Aslında geçerli tek açıklama, bu soruya bir anne mantığı yürüterek yanıt veren Plácida Linero' nunki olmuştu; "Oğlum iyi giyimli olduğunda asla arka kapıdan çıkmazdı," demişti. Bu o kadar basit bir gerçek gibi görünüyordu ki, sorgu yargıcı bunu bir kenara not etmiş ama rapora koymamıştı.

Victoria'a Guzmán'a gelince; aşçı kadın, Santiago Nasar'ı öldürmek için beklediklerini ne kendisinin ne de

1. (İsp.) Uğursuz Kapı.

kızının bildiği yanıtını kesin bir tavırla vermişti. Ama yaşadığı bütün o yıllar boyunca, Santiago Nasar kahve içmek üzere mutfağa girdiğinde her ikisinin de bunu bildiğini kabullenmişti. Saat beşten sonra oradan geçip Allah rızası için bir parça süt isteyen bir kadın söylemişti bunu onlara, üstelik bunun nedenleriyle onu bekledikleri yeri de açıklamıştı. "Onu uyarmadım, çünkü bunların sarhoş palavraları olduğunu sanmıştım," dedi bana. Buna karşın Divina Flor, annesi öldükten çok sonra oraya gittiğim bir keresinde, annesinin Santiago Nasar'a hiçbir şey söylemediğini, çünkü ruhunun derinliklerinde onu öldürmelerini istediğini itiraf etti. Oysa kendisi o zamanlar tek başına karar vermekten aciz, küçücük ürkek bir kızdan başka bir şey olmadığı için uyarmamıştı onu ve Santiago Nasar, tıpkı ölümün elini andıran buz gibi soğuk, taş gibi sert eliyle onu bileğinden yakaladığında büsbütün korkmuştu.

Santiago Nasar, piskoposu getiren geminin sevinçle çalınan düdük sesleri arasında, yarı karanlık evin içinden uzun adımlar atarak yürüyüp geçmişti. Divina Flor, yemek odasında içlerinde kuşların uyuduğu kafeslerin, hasır mobilyaların ve salonda asılı duran eğreltiotu saksılarının arasından peşinden yetişmesine fırsat vermemeye çabalayarak ondan önce koşup kapıyı açmış; ama kapının kol demirini indirdiğinde o etobur atmacanın elinden bir kez daha kurtulamamıştı. "Oramı sımsıkı avuçladı," dedi bana Divina Flor. "Zaten evin bir köşesinde beni tek başıma sıkıştırdığında hep öyle yapardı; ama o gün o her zamanki korkuyu değil, korkunç bir ağlama isteği duydum içimde." Dışarı çıksın diye kenara çekilmiş, yarıaçık kapının aralığından meydanda yeni doğan günün ışıltısı altında kar gibi bembeyaz görünen badem ağaçlarını görmüştü; ama daha fazlasını görecek cesareti bulamamıştı kendinde. "O sırada geminin düdük sesleri kesildi, horozlar ötmeye başladı," dedi bana. "Öyle bir hengâme koptu ki, insanın kasabada bu kadar çok horoz olabileceğine inanası gelmiyordu, ben de piskoposun gemisiyle geldiler sanmıştım." Kızın asla kendisine yâr olmayacak olan o adam için yapabildiği tek şey, acil bir durum olursa yeniden içeri girebilsin diye, Plácida Linero'nun emirlerine karşı gelerek, kapının kol demirini takmamak olmuştu. O arada kimliği hiçbir zaman belli olmayan birisi, zarf içine konulmuş bir kâğıdı kapının altından atmıştı, içinde onu öldürmek için birilerinin pusuda beklemekte olduğu Santiago Nasar'a haber veriliyor, üstelik bu komplonun yeriyle nedenleri ve son derece kesin daha başka ayrıntıları da açıklanıyordu. Santiago Nasar evden çıktığında bu pusula yerde duruyordu; ama bunu ne o görmüştü ne Divina Flor ne de cinayet işlendikten çok sonrasına kadar başka herhangi biri.

Saat altıyı vurmuştu, sokak ışıkları henüz yanıyordu. Badem ağaçlarının dallarında ve bazı balkonlarda düğünün çelenkleri hâlâ asılı duruyordu, bunların piskoposun onuruna daha yeni asıldığını düşünebilirdi insan. Ama kilisenin önünde çalgıcıların oturduğu platformun bulunduğu avluya kadar döşeme taşlarıyla kaplı olan meydan boş şişelerle ve halka açık cümbüşten arta kalmış her türlü atıkla dolu bir çöplüğü andırıyordu. Santiago Nasar evinden çıktığında, vapurun düdük seslerinden telaşa kapılan pek çok insan limana doğru koşuşmaktaydı. Meydanda açık olan tek yer, kilisenin bitişiğinde, Santiago Nasar'ı öldürmek için bekleyen o iki adamın bulunduğu bir sütçü dükkânıydı. Sabahın ilk ışıkları altında Santiago Nasar'ı ilk gören, dükkân sahibesi Clotilde Armenta olmuş, sanki Santiago Nasar'ın üzerinde alüminyumdan giysiler varmış izlenimine kapılmıştı. "Daha o zamandan hayaleti andırıyordu," dedi bana. Onu öldürecek olan adamlar, gazete kâğıtlarına sarılı bıçaklarını kucaklarında sımsıkı tutarak dükkândaki sıralarda uyuyakalmışlardı, Clotilde Armenta da onları uyandırmamak için soluğunu tutmuştu.

Adamlar ikiz kardeştiler: Pedro'yla Pablo Vicario. 24 yaşındaydılar; birbirlerine o kadar benziyorlardı ki, onları ayırt etmek meseleydi. "Halleri tavırları kaba sabaydı ama iyi huylu insanlardı," deniyordu raporda. Onları ilkokuldan beri tanıyan ben de olsam aynı şeyleri yazardım. O sabah sırtlarında hâlâ akşamki düğünden kalma, koyu renk abadan giysileri vardı, bizim Karayipler'e göre fazla kalın ve fazla ciddi görünüyordu bu giysiler, onca saatlik cümbüşten sonra yorgunluktan bitkin haldeydiler ama tıraş olma görevlerini yerine getirmişlerdi. Eğlencenin bir gün öncesinden başlayarak içkiyi ellerinden bırakmadıkları halde, üçüncü günün sonunda sarhoş değillerdi de, uykusuzluk çeken uyurgezerlere benziyorlardı. Clotilde Armenta'nın dükkânında neredeyse üç saat bekledikten sonra günün ilk ışıklarıyla uyuyakalmışlardı, bu da cumadan beri uyudukları ilk uykuydu. Geminin ilk düdük sesiyle şöyle bir uyanır gibi oldularsa da, Santiago Nasar evinden çıktığında içgüdüleri onları tümden uyandırmıştı. O zaman ikisi de dürülü gazeteleri sımsıkı kavramışlar, Pedro Vicario yerinden kalkmaya yeltenmişti.

"Tanrı aşkına," diye mırıldanmıştı Clotilde Armenta, "sayın piskoposun hatırı için olsun bu işi daha sonraya bıraksanız."

"Espíritu Santo'dan[1] bir esinti olmuştu bu," diye sık sık tekrarlardı kadın. Gerçekten de takdiriilâhi gibi olmuştu ama geçici bir iyilikti bu. Onun bu sözlerini duyunca ikiz Vicario kardeşler şöyle bir düşünmüşler, yerinden kalkmış olan Pedro Vicario yeniden oturmuştu.

1. (İsp.) Kutsal Ruh.

Her ikisi de, meydanı geçmeye koyulmuş olan Santiago Nasar'ı gözleriyle izliyordu. "Ona daha çok acıyarak bakıyorlardı," diyordu Clotilde Armenta. Tam o sırada, üzerlerinde yetim formalarıyla darmadağınık koşuşan rahibe okulu kızları geçmişlerdi meydandan.

Plácida Linero'nun hakkı vardı: Piskopos gemiden inmemişti. Yetkililerle okul çocuklarından başka daha pek çok insan vardı limanda; piskoposun en sevdiği yemek horozibiği çorbası olduğundan ona armağan olarak götürdükleri adamakıllı semirtilmiş horozların kafesleri her yanda görülüyordu. Yük iskelesinde istiflenmiş o kadar çok odun vardı ki, onları gemiye yüklemek için en az iki saate ihtiyaç olacaktı. Ama gemi durmamıştı. Irmağın kıvrımında tıpkı bir ejderha gibi homurdana homurdana geldiği görülmüş, bunun üzerine bando piskoposluk marşını çalmaya başlamıştı, kafeslerin içindeki horozlar da ötmeye koyulmuşlar, kasabadaki öteki horozları ayağa kaldırmışlardı.

O zamanlar odun ateşiyle çalışan o efsanevi yandan çarklı gemiler artık tükenmek üzereydi, hâlâ çalışan pek az sayıdaki gemide artık ne laterna bulunuyordu ne de balayı kamaraları, akıntıya karşı yol almayı zar zor beceriyorlardı. Ama bu gemi yeniydi, iki tane baca yerine üzerine pazıbent gibi bir bayrak boyanmış tek bir bacası vardı, kıç tarafındaki ahşap çarkı ona bir deniz teknesiymiş gibi itici güç veriyordu. Üst güvertede, kaptan köşkünün bitişiğinde, yanında İspanyol maiyetiyle birlikte, beyaz cüppesinin içindeki piskopos duruyordu. "Tıpkı Noel zamanı gibiydi," demişti kız kardeşim Margot. Anlattığına göre, geminin düdüğü limanın önünden geçerlerken öyle basınçlı bir istim salıvermişti ki, kıyıya en yakın olanları sırılsıklam bırakmıştı. Çok kısa süren bir görüntü olmuştu bu: Piskopos iskeledeki kalabalığın hizasına gelince havada istavroz çıkarmaya başlamış, sonra da gemi gözden kaybolup geriye yalnızca horozların yaygarası kalana kadar, hiçbir art niyet taşımadan ya da herhangi bir heves göstermeden, aynı hareketi düşünmeden yapmayı sürdürmüştü.

Santiago Nasar'ın kendini hayal kırıklığına uğramış hissetmesi için nedenleri vardı. Peder Carmen Amador' un halka yaptığı çağrılara birkaç çeki odunla o da katkıda bulunmuş, ayrıca en iştah açıcı ibiklere sahip horozları kendi elleriyle seçmişti. Ama bu hoşnutsuzluk kısa sürmüştü. İskelenin üstünde onun yanında duran kız kardeşim Margot, yuttuğu aspirinler hiç de rahatlatmadığı halde onu son derece keyifli ve eğlenceyi sürdürmeye hevesli bulmuştu. "Soğuk almış gibi görünmüyordu, düğünün kaça mal olduğunu düşünüyordu yalnızca," dedi bana. Onların yanında duran Cristo Bedoya, şaşkınlığı artıran birtakım rakamlar açıklamıştı. Cristo Bedoya saat dörtten az öncesine kadar Santiago Nasar'la ve benimle birlikte eğlenceye katılmış, sonra da yatmaya ana babasının evine gideceğine büyükbabasının evinde sohbete dalmıştı. Eğlencenin maliyetini hesaplamaya yarayacak pek çok bilgi edinmişti orada. Anlattığına göre, davetliler için kırk hindiyle on bir domuz kesmişlerdi, ayrıca damadın kasaba halkı için meydandaki ateşte çevirttiği dört tane dana vardı. 205 kasa kaçak alkollü içkiyle neredeyse 2.000 şişe şekerkamışı romu tüketildiğini ve bunların kalabalığa dağıtıldığını anlatmıştı. Kasabada o güne kadar görülmedik derecede ses getiren bu eğlenceye şu ya da bu vesileyle katılmamış, zengin ya da yoksul, tek bir kişi bile yoktu. Santiago Nasar yüksek sesle duyurmuştu herkese.

"Benim düğünüm de böyle olacak," demişti. "Anlata anlata bitiremeyecekler."

Kız kardeşim, sanki kız doğmuş gibi bir sessizlik olduğunu hissetmişti. Hayatta onca şeye sahip olan, üstelik o yılın Noel'inde bir de Santiago Nasar'a sahip olacak olan Flora Miguel'in ne kadar şanslı olduğunu bir kez daha düşünmekten kendini alamamıştı. "Ondan daha iyi bir kısmet olamayacağının birden farkına vardım," dedi bana. "Düşünsene; yakışıklıydı, aklı başındaydı ve yirmi bir yaşında kendisine ait bir serveti vardı." Kız kardeşim evde manyok unundan gözleme olduğunda onu kahvaltıya çağırırdı hep, o sabah da annem gözleme yapmaktaydı. Santiago Nasar çağrıyı seve seve kabul etmişti.

"Üstümü değişeyim, sana yetişirim," demişti, sonra da saatini komodinin üstünde unuttuğunun farkına varmış, "Saat kaç?" diye sormuştu.

Saat 06.25'ti. Santiago Nasar, Cristo Bedoya'yı kolundan tutup onu meydana doğru sürüklemişti.

"Bir çeyrek saate kadar senin evindeyim," demişti kız kardeşime.

Kız kardeşimse hemen birlikte gitmelerinde ısrar etmişti, çünkü kahvaltı hazırdı. "Bu garip bir ısrardı," dedi bana Cristo Bedoya. "O kadar ki, bazen Margot'un onu öldüreceklerini bildiğini ve onu evinde saklamak istediğini düşündüğüm olmuştur." Yine de Santiago Nasar, kendisi eve gidip binici kıyafetini giyerken onu önden gitmesi için ikna etmişti, çünkü danaları iğdiş etmek için *El Divino Rostro*'ya erkenden gitmesi gerekiyordu. Annesiyle vedalaştığı aynı el hareketiyle ona veda etmiş, Cristo Bedoya'nın koluna girerek meydana doğru uzaklaşmıştı. Kız kardeşimin onu son görüşü olmuştu bu.

Limanda bulunanların pek çoğu Santiago Nasar'ı öldüreceklerini biliyordu. Emekliliğin tadını çıkaran ve on bir yıldan beri belediye başkanlığı yapan Kurmay Albay Don Lázaro Aponte, iki parmağıyla bir selam çakmıştı ona. "Artık tehlikede olmadığına inanmak için çok geçerli nedenlerim vardı benim," demişti bana. Peder Carmen Amador da kaygı duymamıştı. "Onu sağ salim görünce bunların hepsinin asılsız olduğunu düşündüm," dedi bana. Hiç kimse acaba Santiago Nasar önceden uyarılmış mıydı diye merak etmemişti, çünkü öyle olmaması imkânsız gelmişti herkese.

Aslında kız kardeşim Margot, onu öldüreceklerinden henüz haberi olmayan pek az kimseden biriydi. "Bilseydim, elini kolunu bağlayarak da olsa onu alıp eve götürürdüm," diye ifade vermişti sorgu yargıcına. Onun bunu bilmemesi garipti; ama annemin de bilmemesi büsbütün garipti, çünkü kiliseye ayine gitmek için bile yıllardan beri sokağa çıkmadığı halde, her şeyi evdeki herkesten önce öğrenirdi annem. Okula gitmek için erken kalkmaya başladığım günden beri onun bu becerisini takdir etmişimdir. O zamanlardaki haliyle görürdüm onu, solgun benizliydi, şafak vaktinin soluk ışığı altında elinde bir çalı süpürgesiyle usul usul avluyu süpürürken, kahvesinden aldığı her bir yudumun arasında, bizler uyurken dünyada neler olup bittiğini anlatırdı bana. Kasabadaki öteki insanlarla, özellikle de kendi yaşıtı olanlarla arasında gizli iletişim hatları vardı sanki, bazen de ancak kehanet sanatıyla bilebileceği haberleri önceden vererek şaşırtırdı bizleri. Yine de annem o sabah, gecenin üçünden beri olgunlaşmakta olan bu facianın kalp atışlarını duymamıştı. Avluyu süpürme işini bitirmişti, kız kardeşim Margot piskoposu karşılamak için dışarı çıkarken gözleme yapmak için manyok kökü öğütürken bulmuştu onu. "Horozlar ötüyordu," derdi annem hep o günü hatırlarken. Ama uzaktan uzağa duyulan o yaygarayı piskoposun gelişiyle değil de, düğünün son artıklarıyla ilişkilendirmişti.

Bizim ev büyük meydandan uzakta, ırmağın karşısındaki bir mango koruluğunun içindeydi. Kız kardeşim Margot limana kadar kıyıyı izleyerek yürümüştü, insanlar piskoposun ziyareti yüzünden başka yeniliklerle uğraşamayacak kadar heyecanlıydılar. Hastaları Tanrı'nın şifasından yararlansınlar diye kapı eşiklerine yatırmışlardı, kadınlar ellerinde hindiler, süt domuzları ve her türlü yiyecek maddesiyle koşarak avlulardan dışarı uğruyorlardı, karşı kıyıdan da çiçeklerle süslü sandallar geliyordu. Ama piskopos toprağımıza ayak basmadan geçip gittikten sonra, örtbas edilmiş olan öteki haber artık bir rezalet boyutuna ulaşmıştı. İşte kız kardeşim Margot bu haberi o sırada tüm ayrıntılarıyla ve acımasızlığıyla öğrenmişti: Angela Vicario, yani bir gün önceki düğünle evlenmiş olan o güzel kız, ana babasının evine geri gönderilmişti, çünkü damat onun bakire olmadığını anlamıştı. "Sanki ölecek olan benmişim gibi hissettim," dedi bana kız kardeşim. "Ama bu öyküyü enine boyuna ne kadar evirip çevirdilerse de, hiç kimse o zavallı Santiago Nasar'ın sonunda böylesine bir komploya nasıl olup da bulaştığını bana açıklayamıyordu." Kesin olarak bildikleri tek şey, Angela Vicario'nun ağabeylerinin, öldürmek için onu bekliyor olduklarıydı.

Kız kardeşim, ağlamamak için dudaklarını ısırarak eve dönmüştü. Annemi yemek odasında bulmuştu, olur ki piskopos bizi selamlamak için oradan geçer diye mavi çiçekli pazar giysisi vardı üstünde, sofrayı kurarken dönmeyen sevgiliyi anlatan bir Portekiz aşk şarkısını söylüyordu. Sofrada alışılandan fazla bir tabak olduğu, kız kardeşimin dikkatini çekmişti.

"Santiago Nasar için," demişti annem ona. "Bana onu kahvaltıya çağırdığını söylediler."

"Kaldır o tabağı," demişti kız kardeşim de.

Sonra da olanları anlatmıştı ona. "Ama sanki zaten biliyordu," dedi bana. "Yine her zamanki gibi oldu, ona bir şey anlatmaya başlarsın, öykü daha yarısına varmadan nasıl biteceğini bilir." O kötü haber annem için şifreli bir bilmece gibiydi. Santiago Nasar'a bu adı annemin adından dolayı vermişlerdi, annem ayrıca onun vaftiz annesiydi; ama aynı zamanda evine geri gönderilen gelinin annesi olan Pura Vicario'yla da bir kan bağı vardı. Yine de daha haberin sonunu dinlemeden, o zamanlar yalnızca başsağlığı ziyaretlerinde giydiği uzun topuklu ayakkabılarını giymiş, kilisede kullandığı şalıyla başını örtmüştü. Ta yattığı yerden olan bitenleri duyan babam, sırtında pijamasıyla yemek odasında görünmüş, telaş içinde ona nereye gittiğini sormuştu.

"Dünürüm Plácida'yı uyarmaya," diye karşılık vermişti annem. "Oğlunu öldüreceklerini herkesin bilmesi, bir tek onun haberi olmaması haksızlık."

"Vicariolarla ne kadar bağımız varsa onunla da o kadar var," demişti babam.

"Her zaman ölüden yana olmak gerek," demişti o da.

Küçük kardeşlerim de öteki odalardan çıkıp gelmişlerdi. Facianın haberinden etkilenen en küçükler ağlamaya başlamışlardı. Annem, hayatta bir kez olsun ne onlara aldırdı ne de kocasına kulak verdi.

"Bekle de giyineyim," dedi babam.

Annem çoktan sokaktaydı. O zamanlar yedi yaşında bile olmayan kardeşim Jaime okula gitmek için bekliyordu. Çocukların içinde giyinik olan tek kişi oydu.

"Annene sen eşlik et," diye buyurdu babam.

Jaime neler olup bittiğini, nereye gittiklerini bilmeden annemin peşinden koşup elini tuttu. "Tek başına söylene söylene gidiyordu," diye anlattı bana Jaime. "Beş para etmez bok herifler," diyordu alçak sesle, "ellerinden felakete yol açmaktan başka hiçbir şey gelmeyen hayvan oğlu hayvanlar." Çocuğu elinden tutup götürdüğünün bile farkına değildi. "İnsanlar herhalde benim delirdiğimi sanmışlardır," demişti bana. "Hatırladığım tek şey, ta uzaktan bir kalabalığın gürültüsünün geldiğiydi, sanki düğün eğlencesi yeniden başlamıştı da herkes meydana doğru koşuyordu." Ortada bir hayat söz konusu olduğunda her şeyi yapabilme kararlılığıyla adımlarını sıklaştırmış, sonunda ters yöne doğru koşmakta olan biri onun bu şaşkın haline acımıştı.

"Zahmet etmeyin, Luisa Santiaga," diye bağırmıştı yanından geçerken. "Onu öldürdüler bile."

Karısını evine geri gönderen Bayardo San Román, ilk kez olarak bir önceki yılın ağustos ayında, yani düğünden altı ay önce gelmişti kasabaya. Kemerinin tokalarıyla botlarının halkalarına uyan gümüş süslemeli heybeleriyle birlikte haftalık seferini yapan gemiden inmişti. Otuz yaşlarındaydı ama hiç göstermiyordu, sığırtmaçlar gibi incecik bir beli, ela gözleri vardı, teni, güherçile yüzünden, ağır ateşte kızarmışa benziyordu. O gün üzerinde kısa bir ceketle daracık bir pantolon vardı, her ikisi de dana derisinden yapılmıştı, ellerine de oğlak derisinden aynı renkte eldivenler giymişti. Onunla aynı gemide gelen Magdalena Oliver, bütün yolculuk boyunca gözlerini ondan alamamıştı. "İbneye benziyordu," demişti bana, "buna da çok yazıktı, çünkü yeme de yanına yat cinsinden bir içim suydu." Böyle düşünen tek kadın o olmadığı gibi, Bayardo San Román'ın ilk bakışta tanınacak bir adam olduğunu fark edecek son kişi de değildi.

Annem ağustos sonlarında bana okula bir mektup yazmıştı, bir yerinde laf arasında şöyle diyordu: "Buraya çok garip bir adam geldi." Bir sonraki mektubunda da şöyle diyordu: "O garip adamın adı Bayardo San Román; herkes onun çok hoş biri olduğunu söylüyor ama ben onu daha görmedim." Hiç kimse onun kasabaya ne yapmaya geldiğini bir türlü öğrenememişti. Düğünden kısa bir süre önce, bunu ona sorma isteğine karşı koyamayan birine şu yanıtı vermişti: "Köyden köye dolaşarak evlenecek birini arıyorum." Bu doğru olabilirdi; ama daha başka bir yanıt da verebilirdi, çünkü öyle bir konuşma tarzı vardı ki, bir şey söylemekten çok, gizlemeye yarıyor gibiydi.

Kasabaya geldiği akşam sinemadayken, kendisinin demiryolu mühendisi olduğu izlenimini vermiş, ırmağın değişkenliklerine bir çare olarak ülkenin içlerine kadar demiryolu döşemenin ivediliğinden söz etmişti. Ertesi gün bir telgraf yollaması gerekmişti; telgrafı manipleyle kendisi göndermekle kalmamış, aynı zamanda tükenen pilleri kullanmayı sürdürebilmenin yolunu da telgraf memuruna öğretmişti. O aylarda askere adam yazmak amacıyla oradan geçmekte olan bir askerî doktorla sınır bölgelerindeki hastalıklar hakkında konuşurken konuya ne kadar hâkim olduğunu göstermişti. Gürültülü patırtılı, sonu gelmeyen eğlencelere bayılıyordu, iyi bir içkiciydi, kavgaları ayırmakta üstüne yoktu, el çabukluğu oyunlarının can düşmanıydı. Bir pazar günü kilisedeki ayinden sonra sayısı pek kabarık olan en usta yüzücülere meydan okumuş, bunların en iyilerini ırmağı gidiş dönüş geçme yarışında yirmi kulaç geride bırakmıştı. Annem bunu bana bir mektubunda anlatmış, sonunda da tam kendine özgü bir yorumda bulunmuştu: "Söylendiğine göre aynı zamanda altın içinde yüzüyormuş." Bayardo San Román'ın yalnızca her şeyi yapabilecek, üstelik de çok iyi yapabilecek biri olmakla kalmayıp, aynı zamanda bitmek tükenmez olanaklara da sahip olduğu biçiminde çoktan ortalığa yayılmış olan söylenceye de uyuyordu bu yorum.

Annem, ekim ayında yazdığı bir mektubunda, onu son bir hayır duayla anıyordu: "Dürüst, iyi kalpli biri olduğu için herkes onu çok seviyor," diyordu, "geçen pazar Kudas Ayini'nde diz çöküp rahibin elinden şaraplı ekmeği yedi, ayine de Latince duayla katıldı." O zamanlar şaraplı ekmeği ayakta almak zaten yasaktı, ayinler de yalnızca Latince olarak yönetilirdi; ama annem konunun ruhuna inmek istediğinde hep bu tür gereksiz ayrıntılara girer. Yine de, bu kutsayıcı yargıdan sonra, hatta Angela Vicario'yla evlenmek istediğini herkes öğrendikten sonra bile, bana yazdığı iki mektupta Bayardo San Román hakkında hiçbir şey söylemiyordu. O talihsiz evlilikten ancak çok sonra, ekim ayında yazmış olduğu o mektubu düzeltmek için artık çok geç olduğu bir sırada bunu öğrendiğini, onun o ela gözlerinin kendisini korkuyla ürperttiğini itiraf ediyordu.

"Bana tıpkı şeytan gibi görünmüştü," diyordu, "ama sen kendin de bu tür şeylerin mektupta yazılmaması gerektiğini söylemiştin."

Noel tatili için oraya gittiğimde, annemin tanıdığından kısa bir süre sonra tanımıştım onu, öyle söyledikleri kadar garip de bulmamıştım. Aslında bana çekici biri gibi görünmüştü; ama Magdalena Oliver'in o şiirsel görüşündekinden çok uzaktı. Delişmenliğinin yarattığı izlenime göre çok daha ciddi bulmuştum onu, ayrıca aşırı zarafetinin ardında zar zor örtbas edebildiği gizli bir gerilim içindeydi. Ama hepsinden de öte, hüzünlü bir adam gibi görünüyordu. Artık o zamanlar Angela Vicario'yla olan aşk ilişkisi resmiyete dökülmüştü bile.

Nasıl tanıştıkları hiçbir zaman tam olarak açıklığa kavuşmadı. Bayardo San Román'ın kaldığı, yalnızca bekâr erkeklerin yatıp kalktığı pansiyonun sahibesinin anlattığına göre, eylül sonlarında bir gün Bayardo San Román, salondaki salıncaklı sandalyede öğle uykusunu uyurken, Angela Vicario'yla annesi, ellerinde yapma çiçekler dolu birer sepetle meydandan geçiyorlardı. Bayardo San Román, gözlerini aralamış, öğle sonrası saat ikideki durgunluğun ortasında sanki tek canlı varlıklarmış gibi görünen, acımasız kapkara giysileri içindeki o iki kadını görerek, gencinin kim olduğunu sormuştu. Pansiyon sahibesi de, yanındaki kadının küçük kızı olduğu, adının da Angela Vicario olduğu yanıtını vermişti. Bayardo San Román, ta meydanın öbür ucuna kadar bakışlarıyla izlemişti onları.

"Adını iyi koymuşlar,"[1] demişti.

Sonra da başını salıncaklı sandalyenin arkasına dayamış, gözlerini yeniden yummuştu.

"Uyandığımda," demişti, "onunla evleneceğimi bana hatırlatın."

Angela Vicario, Bayardo San Román daha ona aşkını ilan etmeden önce, pansiyon sahibesinin kendisine bu olaydan söz ettiğini anlattı bana. "Çok korktum," dedi. Pansiyonda kalan üç kişi daha bu olayın gerçek olduğunu doğrulamış ama daha başka dört kişi olayın doğruluğuna inanmamıştı. Buna karşılık, olayın tüm değişik anlatılış biçimleri, Angela Vicario'yla Bayardo San Román'ın ilk olarak ekim ayındaki ulusal bayramda, kızın piyango çekilişlerini yapmakla görevli olduğu hayır amaçlı bir eğlence sırasında birbirlerini gördükleri konusunda birleşiyordu. Bayardo San Román eğlence yerine gelmiş, dosdoğru piyango masasına giderek, bileklerine kadar kapalı yas giysileri içinde gönülsüzce bekleyen piyangocu hanıma, panayırın en çekici ikramiyesi olan sedef kakmalı gramofonun kaç para olduğunu sormuştu. Kız da, onun satılık olmadığı, piyango ikramiyesi olarak orada bulunduğu yanıtını vermişti.

"Daha iyi ya," demişti Bayardo San Román, "böylesi daha kolay olur, üstelik daha da ucuza gelir."

1. İspanyolcada *ángel* melek anlamına gelir. (Ç.N.)

Kız, onun kendisini etkilemeyi başardığını söylemişti bana ama aşkla ilgisi olmayan nedenlerle etkilenmişti. "Kendini beğenmiş adamlardan nefret ederim, bu kadar kibirlisini hiç görmemiştim," demişti, o günü anımsarken, "üstelik ben onu Polonyalı sanmıştım." Piyangoda herkesin heyecanla beklediği gramofonun çekilişi yapılıp da onu gerçekten de Bayardo San Román kazandığında büsbütün canı sıkılmıştı. Sırf kendisini etkilemek için onun piyangodaki tüm biletleri satın aldığı aklının ucundan bile geçmiyordu.

Angela Vicario, o gece evine döndüğünde, gramofonu hediye kâğıdına sarılıp organze bir fiyonkla süslenmiş olarak kendisini bekler bulmuştu. "Doğum günüm olduğunu nereden bildi asla öğrenemedim," dedi bana. Kendisine böyle bir hediye yollaması, üstelik de bunu hiç kimsenin gözünden kaçmayacak kadar gösterişli bir biçimde yapması için Bayardo San Román'a hiç cesaret vermediğine annesiyle babasını inandırması zor olmuştu. Sonunda kızın ağabeyleri Pedro'yla Pablo, gramofonu alıp sahibine geri vermek üzere otele götürmüşler, bunu da öyle tantanalı bir biçimde yapmışlardı ki, gramofonun geldiğini, sonra da geri götürüldüğünü görmeyen kalmamıştı. Ailenin en aklına gelmeyen şey, Bayardo San Román'ın karşı konulmaz çekiciliği olmuştu. İkizler ertesi sabah şafak vaktine kadar ortalıkta görünmemişlerdi, sonra kafayı çekmiş bir halde gramofonu eve geri götürmüşler, üstelik eğlenceye devam etmek için yanlarına Bayardo San Román'ı da almışlardı.

Angela Vicario, kısıtlı olanaklara sahip bir ailenin en küçük kızıydı. Babası Poncio Vicario, orta halli bir kuyumcuydu, aileyi namusuyla geçindirebilmek için altından onca güzel şey yapmaktan gözleri bozulmuştu. Annesi Purísima del Carmen, bir daha ayrılmamak üzere evlenene kadar ilkokul öğretmenliği yapmıştı. Uysal, biraz da kederli görünümü, sert kişiliğini pek güzel gizliyordu. "Tıpkı rahibeye benzerdi," diye hatırlar Mercedes. Öyle büyük bir fedakârlık ruhuyla kendini eşinin bakımına, çocuklarının büyütülmesine vermişti ki, insan bazen onun varlığını unutabilirdi. İki büyük kızı çok geç evlenmişti. İkiz oğlanların ardından bir kızları daha olmuş, neyin nesi olduğu bilinmez ateşli bir hastalıktan ölmüştü, aradan iki yıl geçtikten sonra bile evin içinde hafifletilmiş ama sokakta sıkı bir yas tutuyorlardı. Oğlanlar erkek adam olacak şekilde büyütülmüşlerdi. Kızlarsa evlenmek üzere yetiştirilmişlerdi. Gergef işlemeyi, makineyle dikiş dikmeyi, kukalı dantel örmeyi, çamaşır yıkayıp ütü ütülemeyi, yapma çiçekler, kendi uydurdukları tatlılar yapmayı, aşk pusulaları yazmayı bilirlerdi. Ölüme saygıyla yaklaşma kültürünü bir yana bırakmış zamane kızlarından farklı olarak, onların dördü de eskiden âdet olduğu gibi hastaların başında bekleme, ölüm döşeğinde olanlara güç verme, ölüleri kefenleme sanatında birer ustaydılar. Annemin onlarda kınadığı tek şey, yatmadan önce saçlarını tarama âdetleriydi. "Kızlar," derdi onlara, "geceleyin saçlarınızı taramayın, yoksa denize açılanlar geri dönmekte gecikirler."

Ayrıca, onlardan daha terbiyeli kızlar olmadığını düşünürdü hep. "Onlar kusursuz kızlar," dediğini duyardım sık sık. "Her erkek onlarla mutlu olur, çünkü acı çekmek için yetiştirilmişler." Yine de iki büyük kızla evlenen erkekler için onların çemberlerini kırmaları zor olmuştu, çünkü her yere birlikte gidiyorlar, yalnızca kadınlar için danslı partiler düzenliyorlardı, erkeklerin her davranışının altında bir art niyet bulmaya hazırdılar hep.

Angela Vicario, dört kızın en güzeliydi, tarihteki büyük kraliçeler gibi göbek kordonu boynunun çevresine sarılı olarak doğduğunu anlatırdı annem. Ama öylesine terk edilmiş gibi bir hali, öyle bir ruh yoksulluğu vardı ki, belirsiz bir gelecek vaat ediyordu ona. Noel tatillerim boyunca yıllar yılı onu yeniden görüyordum, penceresinde komşu kadınlarla birlikte oturup bez parçalarından çiçekler yaparak genç kız şarkıları söylerken, her defasında daha da kimsesiz gibi görünüyordu. "Şu senin salak kuzenin," derdi bana Santiago Nasar, "artık kızkurusu olup çıktı." Günlerden bir gün, ablası için yasa girmeden kısa bir süre önce, ilk kez olarak sokakta rastlamıştım ona, kadın gibi giyinmiş, saçlarını kıvırmıştı, aynı kız olduğuna inanamıyordum. Ama anlık bir görüntüydü bu: Ruhsuzluğu aradan geçen yıllarla birlikte büsbütün beter olmuştu. O kadar ki, Bayardo San Román'ın onunla evlenmek istediği duyulduğunda, pek çok kişi bunun bu yabancının aldatmacası olduğunu düşünmüştü.

Aile, bunu yalnızca ciddiye almakla kalmamış, aynı zamanda büyük bir şamata da koparmıştı. Bir tek Pura Vicario onlara katılmamış, Bayardo San Román'ın önce kimliğini kanıtlaması koşulunu öne sürmüştü. O zamana kadar kimse onun kim olduğunu bilmiyordu. Geçmişi, üzerinde sanatçı kılığıyla gemiden indiği akşamın ötesine geçemiyordu; kökeni konusunda öyle ketumdu ki, en olmayacak söylentiler bile doğru olabilirdi. Askerî birliklerin komutanı olarak köyleri kasıp kavurduğu, Casanare'ye dehşet saldığı, Guyana'da hapisten kaçtığı, Pernambuco'da eğitilmiş bir çift ayıyla para kazanmaya çalışırken görüldüğü, Rüzgâr Boğazı'ndan altınla yüklü bir İspanyol kalyonunun kalıntılarını çıkardığı bile anlatılıyordu. Bayardo San Román, onca varsayıma basit bir çareyle son noktayı koydu: Bütün ailesini alıp kasabaya getirdi.

Dört kişiydiler: baba, anne ve ortalığı karıştırıcı iki kız kardeş. Resmî plakalı bir Ford-T ile gelmişler, arabanın ördek gibi öten klaksonu sabahın on birinde sokakları ayağa kaldırmıştı. İspanyolcayı hâlâ Kreol diliyle karıştırarak konuşan Curacaolu iriyarı bir melez olan annesi Alberta Simonds, gençliğinde Antiller'in en güzel 200 kızı arasında en güzeli seçilmişti. Daha yeni çiçek açmış olan kız kardeşleri, yerinde duramayan iki genç kısrağı andırıyorlardı. Ama en büyük koz babaydı: General Petronio San Román, bir önceki yüzyıldaki içsavaşların kahramanı, Tucurinca felaketinde Albay Aureliano Buendía' yı yenilgiye uğratan muhafazakâr birliğin en büyük övünç kaynaklarından biriydi. Kim olduğunu öğrenince onu selamlamaya gitmeyen tek kişi annem olmuştu. "Evlenecek olmaları bence çok iyiydi," demişti bana. "Ama o başka şey, Gerineldo Márquez'i sırtından vurmaları emrini vermiş bir adamın elini sıkmak başka şey." Otomobilin penceresinde görünüp beyaz şapkasıyla selam vermeye başladığı anda, ünlü portrelerinden herkes tanımıştı onu. Buğday renkli keten bir giysiyle kordonları çapraz bağlanmış oğlak derisinden botlar giymiş, burun kemiğinin üzerine klipsle oturtulup yeleğinin iliğine bir köstekle tutturulmuş altın çerçeveli bir kelebek gözlük takmıştı. Liyakat madalyasını ceketinin yakasında taşıyordu, elinde de sapına ulusal arma yontulmuş bir baston vardı. Arabadan ilk inen o oldu, berbat yollarımızın tozuna toprağına bulanmıştı tepeden tırnağa; arabadan inip şöyle bir görünmesi, Bayardo San Román'ın canı kiminle isterse onunla evlenebileceğini herkesin anlamasına yetmişti.

Asıl Angela Vicario'ydu onunla evlenmek istemeyen. "Bana göre fazlasıyla erkekti," demişti bana. Üstelik Bayardo San Román, onu baştan çıkarmaya bile kalkışmamış, hoşluklarıyla aileyi büyülemişti yalnızca. Angela Vicario, annesiyle babasının, yanlarında kocalarıyla ablalarının, evin salonunda toplanarak, onun daha yeni gördüğü bir adamla evlenmek zorunda olduğuna karar verdikleri o geceki korkusunu asla unutamamıştı. İkizlerse kendilerini olayın dışında tutmuşlardı. "Bize kadınları ilgilendiren bir konu gibi gelmişti," demişti bana Pablo Vicario. Ana babanın kesin gerekçesi, alçakgönüllülüğüyle saygınlık kazanmış bir ailenin başlarına konan talih kuşunu hor görmeye hakkı olamayacağı yolundaydı. Angela Vicario, aşk yoksunluğunun sakıncasını şöyle bir dokundurmaya cesaret edebildiyse de, annesi tek bir sözle onu susturmuştu.

"Aşk da öğrenilir."

O dönemde gözetim altında tutulan upuzun nişanlılıklardan farklı olarak, onlarınki, Bayardo San Román'ın acelesi yüzünden yalnızca dört ay sürmüştü; Pura Vicario, aile yasının sona ermesini beklemeleri koşulunu öne sürmeseydi daha da kısa sürecekti. Ancak Bayardo San Román'ın işleri yoluna koymaktaki karşı konulmaz yöntemleri sayesinde hiçbir sıkıntıya düşmeden bol bol yetmişti bu süre. "Bir akşam en çok hoşuma giden evin hangisi olduğunu sormuştu bana," diye anlattı Angela Vicario. "Ben de neden sorduğunu bilmeden, kasabanın en güzel evinin dul Xius'un villası olduğu yanıtını vermiştim." Ben de olsam aynı şeyi söylerdim. Rüzgârların kasıp kavurduğu bir tepenin üstündeydi bu ev, terasından bakıldığında mor anemonlarla kaplı bataklıkların uçsuz bucaksız cenneti görülür, yazın berrak günlerinde de Karayip Denizi'nin ufuk çizgisiyle Cartagena de Indias'taki turistik transatlantikler net olarak seçilebilirdi. Bayardo San Román, hemen o gece Şehir Kulübü'ne gitmiş, bir parti domino oynamak üzere dul Xius'un masasına çökmüştü.

"Dul Xius," demişti ona, "evinizi satın alıyorum."

"Evim satılık değil ki," demişti dul adam.

"İçindeki her şeyiyle birlikte satın alıyorum."

Dul Xius, o eski tarz terbiyesiyle konuşarak, o evin

karısının bütün bir yaşam boyu yaptığı özveriler sayesinde satın alındığını, kendisi için hâlâ onun bir parçası olduğunu anlatmıştı Bayardo San Román'a. Onlarla oyun oynamakta olan Doktor Dionisio Iguarán, "Bütün içtenliğiyle konuşuyordu," demişti bana, "otuz yıldan fazla mutlu yaşadığı bir evi satmaktansa ölmeyi yeğlediğinden emindim." Bayardo San Román da anlamıştı onun nedenlerini.

"Tamam," demişti, "öyleyse evi boş olarak satın bana."

Ama dul adam, oyunun sonuna kadar savunmuştu kendini. Üç gece sonra, Bayardo San Román, daha da iyi hazırlanmış olarak yeniden oturmuştu domino masasına.

"Dul Xius," diye başlamıştı yeniden. "Ev ne kadar eder?"

"Fiyatı yok."

"Herhangi bir fiyat söyleyin."

"Kusura bakmayın, Bayardo," demişti dul adam, "ama siz gençler insanın yüreğinin nedenlerini anlamıyorsunuz."

Bayardo San Román, bir an durup düşünmüş, "Diyelim ki beş bin peso," demişti.

"Dürüst olalım," diye karşılık vermişti dul adam, onurlu bir tavırla, "o ev bu kadar etmez."

"On bin," demişti Bayardo San Román. "Hemen şimdi, hem de banknotları bir bir sayarak."

Dul adam gözlerinde yaşlarla bakmıştı ona. "Öfkesinden ağlıyordu," dedi bana, doktor olmasının yanı sıra edebiyat adamı da olan Doktor Dionisio Iguarán. "Düşünsene: İnsanın elinin altında onca miktarda para olsun da, basit bir gönül zaafı yüzünden hayır demek zorunda kalsın." Dul Xius'un gırtlağından ses çıkmıyordu; ama hiç duraksamadan başını olumsuz anlamda sallamıştı.

"Öyleyse bana son bir iyilik yapın," demişti Bayardo San Román. "Beni burada beş dakika bekleyin."

Gerçekten de beş dakika sonra gümüş işlemeli heybeleriyle birlikte Şehir Kulübü'ne geri dönmüş, üzerlerinde Merkez Bankası yazılı bantları hâlâ duran, her biri binerlik on deste banknotu masanın üzerine koyuvermişti. Dul Xius, bundan iki yıl sonra ölmüştü. "Bu yüzden öldü," dedi bana Doktor Dionisio Iguarán. "Bizlerden daha sağlıklıydı; ama insan onun göğsünü dinleyince yüreğinin içinde fokurdayan gözyaşlarını duyabiliyordu." Çünkü yalnızca evi içindeki her şeyiyle birlikte Bayardo San Román'a satmakla kalmamış, aynı zamanda parayı azar azar ödemesini de ondan rica etmişti, çünkü onca parayı koymak için ilaç olsun diye elinde tek bir valizi bile kalmamıştı.

Angela Vicario'nun bakire olmadığı, ne kimsenin aklına gelirdi ne de bunu söyleyen olmuştu. Daha önce sevgilisi olduğu hiç duyulmamıştı, demir gibi sert bir annenin sımsıkı yönetimi altında ablalarıyla birlikte büyümüştü. Pura Vicario, onun Bayardo San Román'la oturacakları evi görmeye birlikte gitmelerine bile izin vermemiş, kızının iffetini koruyabilmek için gözleri görmeyen babasını da peşine takarak onlarla birlikte gitmişti. "Tanrı'dan tek dileğim, kendimi öldürmem için bana cesaret vermesiydi," demişti bana Angela Vicario. "Ama vermedi." Öyle şaşkın bir durumdaydı ki, bu cehennem azabından kurtulmak için gerçeği annesine anlatmaya karar vermişken, pencerenin önünde oturup bez parçalarından çiçekler yapmasına yardım eden iki sırdaşı onu bu iyi niyetinden vazgeçirmişlerdi. "Onların sözünü körü körüne dinledim," dedi bana, "çünkü erkeklerin dalavereleri konusunda çok şey bildiklerine inandırmışlardı beni." Kadınların hemen hepsinin çocukluklarında geçirdikleri kazalarda bekâretlerini kaybettiklerini yeminle söylemişlerdi ona. En zor kocaların bile, gerçeği kimse bilmediği sürece, ne söylense kabullendiklerinde ısrar etmişlerdi. Kısacası, erkeklerin büyük bir çoğunluğunun zifaf odasına öylesine büyük bir korku içinde girdiklerine, kadının yardımı olmadan hiçbir şey beceremediklerine, gerçeklerle yüzleşme vakti geldiğinde de ne yapacaklarını bilemediklerine onu inandırmışlardı. "Onların inandıkları tek şey, çarşaflarda gördükleridir," demişlerdi ona. Böylelikle kızlığını yitirmiş gibi görünsün, zifaf gecesinin sabahında iffetinin izini taşıyan pamuklu çarşafını evinin avlusunda güneşe asabilsin diye ona birtakım kocakarı hileleri öğretmişlerdi.

Bu hayalle evlenmişti kız. Bayardo San Román'a gelince; o da iktidarının ve servetinin olağanüstü gücüyle mutluluğu satın alabileceği hayaliyle evlenmiş olsa gerekti, çünkü düğün hazırlıkları arttıkça, düğünü daha da muhteşem kılacak çılgınca fikirler esiyordu aklına. Piskoposun ziyareti duyulduğu zaman, kendilerini evlendirebilmesi için düğünü bir gün geciktirmek istemiş ama Angela Vicario buna karşı çıkmıştı. "Doğrusunu istersen," dedi bana, "çorba yapmak için yalnızca ibiklerini kesip horozların geri kalanını çöpe atan bir adam tarafından kutsanmak istemiyordum ben." Yine de piskoposun hayır duası olmasa da, düğün şenliği baş edilmesi öyle zor bir hale gelmişti ki, Bayardo San Román artık ipin ucunu kaçırmış, sonunda düğün tam bir halk eğlencesine dönüşmüştü.

General Petronio San Román'la ailesi, bu kez Ulusal Meclis'in tören gemisiyle çıkagelmiş, düğün sona erene kadar gemi rıhtımda demirleyip beklemişti, onlarla birlikte pek çok ünlü kişi geldiyse de yepyeni yüzlerden oluşan bu karmaşanın içinde gözden kaçmışlardı. O kadar çok düğün hediyesi gelmişti ki, bunların en güzellerini sergileyebilmek için eski elektrik santralının unutulup gitmiş olan lokalini elden geçirip yenilemek gerekmiş, geri kalanını da dul Xius'un yeni evlileri ağırlamaya çoktan hazır olan eski evine götürüp koymuşlardı. Damada, adı gotik harflerle fabrika ambleminin altına yazdırılmış üstü açılır bir otomobil armağan edilmişti. Geline de mahfazası içinde som altından yirmi dört kişilik bir çatal bıçak takımı. Ayrıca bir dansçılar topluluğuyla iki vals orkestrası getirtilmiş, bunlar yerel bandolarla, eğlencenin şamatası içinde coşmuş vurmalı çalgı topluluklarıyla, akordeoncu gruplarıyla hiç uyum sağlayamayan parçalar çalmışlardı.

Vicario ailesi, duvarları tuğladan örme, damı palmiye yapraklarından yapılma, gösterişsiz bir evde oturuyordu, çatının üstündeki iki pencereden içeri ocak ayında güvercinler girip kuluçkaya yatarlardı. Evin ön cephesinde neredeyse boydan boya çiçek saksılarıyla kaplı bir teras vardı, bir de tavukların başıboş gezindikleri, içinde meyve ağaçları bulunan büyük bir avlusu. Avlunun dibine ikizler, bir domuz ahırı yapmışlardı; üstünde domuzların kesildiği, bir taşla kesilen hayvanların parçalara ayrıldığı bir masa da vardı, Poncio Vicario'nun gözleri bozulduğundan beri aileye gelir getiren iyi bir işyeri olup çıkmıştı burası. Bu işi Pedro Vicario başlatmıştı; ama o askere gidince ikiz kardeşi de öğrenmişti bu kasaplık işini.

Ev, aileyi zorlukla barındıracak kadardı. Zaten bu yüzden ablaları ne büyüklükte bir düğün yapılacağını fark edince, şöleni yapabilecekleri başka bir yer bulmaya çalışmışlardı. "Düşünsene bir kere," demişti bana Angela Vicario, "onlar Plácida Linero'nun evini düşünmüşlerdi; ama bereket versin ki annemle babam her zamanki gibi 'Kızlarımız ya bizim fakirhanede evlenirler ya da hiç evlenmezler,' diyerek direnmişlerdi." Böylelikle evi eskisi gibi sarıya boyamışlar, kapıları düzeltip yerleri onarmışlar, ellerinden geldiğince, böylesine tantanalı bir düğüne yaraşır bir ortam hazırlamışlardı. İkizler, domuzları alıp başka yere götürmüşler, ortalıktaki pisliği kireçkaymağıyla temizlemişlerdi ama yine de buranın düğüne dar geleceği anlaşılıyordu. Sonunda, Bayardo San Román'ın çabasıyla, avlunun tahta parmaklıkları yıktırılarak bitişik avluların dans pisti olarak kullanılması sağlanmış, demirhindi ağaçlarının sık yaprakları altında yemek yenebilmesi için marangoz tezgâhları yerleştirilmişti.

Programda beklenmeyen tek aksilik, düğün sabahı damadın yüzünden gerçekleşmiş, Angela Vicario'yu almaya iki saat geç gidince, kız da, damat eve gelmeden gelinliğini giymeye yanaşmamıştı. "Düşünsene bir kere," demişti bana, "hiç gelmese daha da sevinirdim; ama gelinliğimi giymiş olarak ortada kalmaya dayanamazdım." Onun bu derece tedbirli davranması doğaldı, çünkü bir kadın için üzerinde gelinliğiyle bekletilmekten daha utanç verici bir talihsizlik olamazdı. Buna karşılık, Angela Vicario'nun duvağıyla portakal çiçeklerini bakire olmadığı halde takmaya cesaret edebilmesi, daha sonra saflığın simgelerine karşı büyük bir saygısızlık olarak yorumlanacaktı. Onun, oyunu hileli kartlarla sonuna kadar sürdürmesini bir cesaret gösterisi olarak değerlendiren tek kişi annem olmuştu. "O zamanlar," diye açıklamıştı bana, "Tanrı böyle şeylere anlayış gösterirdi." Buna karşılık Bayardo San Román'ın oyunu hangi kartlarla oynadığını hâlâ hiç kimse bilmiyor. Sonunda sırtında redingotu, elinde silindir şapkasıyla ortaya çıktığı andan acılarının kadınıyla balodan kaçıp gittiği ana kadar, kusursuz bir mutlu damat tablosu çizmişti.

Santiago Nasar'ın elinde hangi kozlar olduğu da hiçbir zaman anlaşılamadı. Ben bütün o süre boyunca kilisede de, düğünde de Cristo Bedoya ve erkek kardeşim Luis Enrique'yle birlikte onun yanındaydım, içimizden hiçbirimiz onun halinde en ufak bir değişiklik sezinlememişti. Bunu kaç kez tekrarlamam gerekti, çünkü biz dördümüz okulda birlikte büyümüştük, daha sonra tatillerde de birlikteydik, birbirimizle paylaşmadığımız bir sırrımız olabileceğine, hele hele bu kadar büyük bir sırrın olabileceğine kimse inanmazdı.

Santiago Nasar tam bir eğlence adamıydı, en büyük zevkini de ölümünden bir gün önce düğün harcamalarını hesaplarken yaşamıştı. Kilisedeyken her tarafın birinci sınıf on dört cenazeninkine eşdeğerde çiçeklerle süslendiğini hesaplamıştı. Onun bu kesin hesabı yıllar boyu peşimi bırakmayacaktı, çünkü Santiago Nasar, kendi düşüncesine göre, kapalı yerdeki çiçeklerin kokusunun ölümle yakın bir ilişkisi olduğunu sık sık söylerdi bana, o gün de tapınağa girerken aynı şeyi söylemişti. "Cenazemde çiçek istemem ha," demişti bana, ertesi gün oraya çiçek konmaması işiyle benim uğraşacağımı aklına bile getirmeden. Santiago Nasar, kiliseden Vicarioların evine giden yol boyunca sokakları süsleyen rengârenk çelenklerin de hesabını yapmış, müziğin, havai fişeklerin, hatta bizi düğün evinde karşıladıklarında üstümüze yağdırdıkları pirinç tanelerinin tutarını bile hesaplamıştı. Öğle saatinin mahmurluğu içinde yeni evliler avludaki masaları birer birer dolaşmışlardı. Bayardo San Román, artık çok yakın dostumuz olmuştu, o zamanlar denildiği gibi o bizim meyhane arkadaşımızdı, masamızda olmaktan da çok mutlu görünüyordu. Duvağını da tacını da çıkarmış olan, terden sırılsıklam olmuş saten gelinliğinin içindeki Angela Vicario'nun yüzüne birden evli kadın hali gelmişti. Santiago Nasar hesap yapıp duruyordu, düğünün o dakikaya kadar yaklaşık dokuz bin pesoya mal olduğunu söyledi Bayardo San Román'a. Gelinin bunu bir saygısızlık olarak gördüğü besbelliydi. "Annem bana başkalarının yanında paradan asla söz edilmemesi gerektiğini öğretmiştir," demişti bana. Oysa Bayardo San Román bunu keyifle, biraz da gururla karşılamıştı.

"Hemen hemen o kadar tuttu," demişti, "ama daha yeni başlıyoruz. Sonunda aşağı yukarı iki katını bulacak." Santiago Nasar bunu son kuruşuna kadar kanıtlamaya niyetlenmiş, buna da ömrü ancak yetmişti. Gerçekten de, ertesi gün ölmeden 45 dakika önce Cristo Bedoya'nın limanda kendisine verdiği son bilgilere dayanarak, Bayardo San Román'ın tahmininin doğru olduğunu saptamıştı.

Bana gelince; başkalarının belleklerindeki bilgileri parça parça bir araya getirerek yeni baştan oluşturmaya karar verene kadar düğün şöleniyle ilgili pek bulanık anılar vardı kafamda. Babamın gençliğinde çaldığı kemanı yeni evliler şerefine yeniden kutusundan çıkarıp çaldığı, rahibe olan kız kardeşimin üzerinde manastırın döner kapısında görevliyken giydiği kılıkla *merengue* dansı yaptığı, annemle kardeş çocukları olan Doktor Dionisio Iguarán'ın ertesi gün piskopos geldiğinde orada bulunmamak için kendisini resmî tören gemisiyle alıp götürmelerini sağladığı yıllarca konuşuldu bizim evde. Bu olayın öyküsünü yazmak için yaptığım soruşturmalar boyunca, kıyıda köşede kalmış pek çok bilgi edinmiştim, bunlar arasında Bayardo San Román'ın kız kardeşlerinin unutulmaz anısı da vardı; sırtlarından altın penslerle tutturulmuş kocaman kelebek kanatları olan kadife giysileri, babalarının tüylü sorgucundan, göğsünü bir zırh gibi kaplayan savaş madalyalarından çok daha fazla ilgi toplamıştı. Cümbüşün neden olduğu sarhoşluk içinde Mercedes Barcha'ya evlenme teklif ettiğimi pek çok kişi biliyordu, oysa on dört yıl sonra evlendiğimizde kendisinin de bana hatırlattığı gibi, o zamanlar ilkokulu daha yeni bitirmişti o. Hiç istenmeyen o pazar günüyle ilgili aklımda kalan en net görüntü, avlunun tam ortasındaki bir taburede tek başına oturan yaşlı Poncio Vicario'nun hayaliydi. Belki de onur köşesi olduğunu düşünerek oturtmuşlardı adamcağızı oraya; davetliler durmadan ona takılıp tökezliyorlar, onu bir başkasıyla karıştırıyorlar, ayakaltında kalmasın diye yerini değiştiriyorlardı, o da yüzünde gözlerini daha yeni kaybetmiş birinin şaşkın ifadesiyle kar gibi bembeyaz kafasını bir o yana bir bu yana çeviriyor, kendisine sorulmayan soruları yanıtlıyor, kimsenin vermediği selamlara belli belirsiz karşılık veriyordu; üzerinde kaskatı kolalanmış gömleği, elinde ona düğün için satın aldıkları peygamberağacından bastonuyla, unutulduğu köşesinde mutlu görünüyordu.

Resmî tören akşam saat altıda sona ermiş, onur konukları veda edip ayrılmışlardı. Gemi, ardında laternadan yükselen vals müziğinden bir iz bırakarak pırıl pırıl yanan ışıklarıyla uzaklaşmış, sonunda birbirimizi yeniden tanıyıp eğlence batağına gömülene kadar bir an için bir belirsizlik uçurumunun tepesinde havada kalakalmıştık. Yeni evliler kısa bir süre sonra o karmaşanın içinden kendine zorlukla yol açabilen üstü açık otomobilin içinde görünmüşlerdi. Bayardo San Román, havai fişekleri patlatmış, kalabalığın kendisine uzattığı şişelerden içki içmiş, Angela Vicario'yla birlikte arabadan inerek *cumbiamba* dansına katılmıştı. En sonunda da ömrümüz yetene kadar onun hesabına dans etmeyi sürdürmemizi istemiş, dehşet içindeki eşini alarak, dul Xius'un bir zamanlar mutluluğu tattığı, rüyalarının evine götürmüştü onu.

Halka açık eğlence, gece yarısına doğru yer yer dağılmaya başlamış, yalnızca Clotilde Armenta'nın meydanın bir yanındaki işyeri açık kalmıştı. Santiago Nasar'la ben, yanımızda kardeşim Luis Enrique ve Cristo Bedoya'yla birlikte kalkıp teselli bulmaya María Alejandrina Cervantes'in evine gitmiştik. Daha başka birçoklarının yanı sıra Vicario kardeşler de oraya uğramış, bizimle birlikte içki içmişler, Santiago Nasar'ı öldürmeden beş saat önce onunla birlikte şarkılar söylemişlerdi. Asıl düğün eğlencesinin artıkları oraya buraya dağılmış olarak hâlâ sürüp gidiyor olsa gerekti, çünkü her yandan müzik sesleri geliyor, kavga edenlerin gürültüleri uzaklardan dalga dalga duyuluyordu, bu sesler her seferinde biraz daha hüzünlü bir hal alarak, piskoposu getiren vapurun düdük sesi duyulmadan az öncesine kadar da kulağımıza gelmeyi sürdürdü.

Pura Vicario, büyük kızları düğünün dağınıklığını biraz olsun düzeltmesine yardım ettikten sonra gece saat on birde gidip yattığını anlatmıştı anneme. Saat on sularında, kimi sarhoşlar avluda hâlâ şarkı söyleyip dururken, Angela Vicario eve birini gönderip yatak odasındaki dolapta bulunan bazı kişisel eşyalarını küçük bir çantaya koyup kendisine yollamalarını istemiş, annesi gündelik giysilerini koyduğu bir valizi de ona yollamak niyetindeymiş ama gelen ulağın acelesi varmış. Kapı çalındığında Pura Vicario mışıl mışıl uyuyormuş. "Kapı ağır ağır üç kere çalındı," diye anlatmış anneme, "ama sanki kötü bir haber varmış gibi bir acayip çalınıyordu," demiş. Kimseyi uyandırmamak için kapıyı ışığı yakmadan açtığını anlatmış, sokak lambasının ışığı altında, sırtında düğmeleri açılmamış ipekli gömleği, ayağında lastik askıyla tutturulmuş süslü pantolonuyla Bayardo San Román'ı gördüğünü anlatmış. "Yüzü rüyalardaki gibi yemyeşildi," demiş Pura Vicario, anneme. Angela Vicario gölgede duruyormuş, öyle ki ancak Bayardo San Román kolundan tuttuğu gibi ışığın altına getirince görebilmiş onu. Saten giysisi lime limeymiş, beline kadar bir havluya sarılıymış. Pura Vicario arabayla uçurumun dibine yuvarlandıklarını, orada ölü yattıklarını sanmış.

"Ulu Tanrım," demiş, dehşet içinde. "Söyleyin hâlâ bu dünyada mı yaşıyorsunuz?"

Bayardo San Román içeri girmemiş, tek söz etmeden eşini yavaşça evin içine doğru itmiş. Sonra Pura Vicario'yu yanağından öperek, son derece keyifsiz ama çok da sevecen bir sesle şöyle demiş:

"Her şey için teşekkürler, anne. Siz bir azizesiniz."

Ondan sonraki iki saat boyunca Pura Vicario'nun neler yaptığını bir tek kendisi biliyordu, bu sırrı da kendisiyle birlikte mezara götürdü. "Hatırladığım tek şey, bir eliyle saçlarımdan tutmuş, öteki eliyle öyle bir öfkeyle vuruyordu ki, beni öldüreceğini sandım," diye anlattı bana Angela Vicario. Ama onu bile öyle usulca yapıyordu ki, öteki odalarda uyumakta olan kocasıyla iki büyük kızının, felaketin gerçekleştiği şafak vaktine kadar hiçbir şeyden haberleri olmamıştı.

İkiz kardeşler, annelerinin acil çağrısına uyarak saat üçten az önce dönmüşlerdi eve. Angela Vicario'yu yemek odasındaki kanepelerden birinin üzerinde yüzükoyun yatar bulmuşlardı, suratı yediği yumruklardan mosmor olmuştu ama ağlamayı kesmişti. "Artık korkmuyordum," dedi bana. "Tam tersine, sonunda ölümün ağırlığını üstümden kaldırmışlar gibi hissediyordum; tek istediğim şey, yatıp uyumak için her şeyin bir an önce bitmesiydi." İki kardeşten en kararlısı olan Pedro Vicario, kızı belinden tuttuğu gibi kaldırmış, yemek masasının üzerine oturtmuştu.

"Hadi kızım, anlat," demişti ona, öfkeden titreyerek, "kim olduğunu söyle bize."

Kız, onun adını ancak söyleyebilecek kadar bir süre duraksamıştı. Karanlıkların içinde aramıştı o adı, bu dünyada ve öteki dünyada birbirine karışmış onca ad arasından ilk bakışta bulup çıkarmıştı onu; tıpkı ölüm fermanı ezelden beri yazılı olan iradesiz bir kelebekmiş gibi, isabetli bir atışla onu duvara mıhlayıvermiş. "Santiago Nasar," demişti.

Avukat, cinayetin namus uğruna meşru müdafaa olduğu tezini savunmuş, bu da mahkeme heyeti tarafından kabul edilmişti; davanın sonunda ikizler bu suçu aynı nedenlerle bin kez de olsa yeniden işleyeceklerini beyan etmişlerdi. Cinayeti işledikten birkaç dakika sonra kiliseye gidip teslim oldukları andan itibaren savunmanın gerekçesini öngörenler yine kendileri olmuştu. Peşlerinde öfkeden kudurmuş bir grup Arap'la birlikte soluk soluğa rahibin evine dalmışlar, uçları tertemiz bıçaklarını Peder Amador'un masasına bırakmışlardı. Her ikisi de işledikleri bu vahşi cinayet nedeniyle bitkin bir durumdaydılar, üstleri başları ve kollarıyla suratları terden sırılsıklam olmuş, taptaze kana bulanmıştı; ama rahip gelip böyle teslim olmalarını son derece onurlu bir davranış olarak hatırlıyordu.

"Onu bilinçli olarak öldürdük," demişti Pedro Vicario, "ama biz masumuz."

"Belki Tanrı katında öylesinizdir," demişti Peder Amador.

"Tanrı katında da, insanların gözünde de," demişti Pablo Vicario da. "Bu bir namus sorunuydu."

Dahası vardı: Olayların canlandırılması sırasında gerçekte olduğundan çok daha acımasız bir vahşet sergilemişlerdi, öylesine ki, Plácida Linero'nun evinin bıçak darbeleriyle delik deşik olan sokak kapısının bile devlet parasıyla onarılması gerekmişti. Şartlı salıverme için kefalet parasını ödeyecek halleri olmadığından davanın sonuçlanmasını üç yıl bekledikleri Riohacha Kapalı Cezaevi'ndeki en kıdemli mahpuslar, onları iyi huylu, arkadaş canlısı olarak hatırlıyorlardı; ama ikisinde de hiçbir pişmanlık belirtisine rastlamamışlardı. Yine de işin aslına bakılırsa, Vicario kardeşler Santiago Nasar'ı hiç kimsenin haberi olmadan, hemen öldürmek için gereken hiçbir şeyi yapmamışlardı, tam tersine biri çıkıp da onu öldürmelerini engellesin diye akla gelebilecek her çareye başvurmuşlar ama bunu sağlamayı başaramamışlardı.

Yıllar sonra bana söylediklerine göre, onu saat ikiye kadar birlikte oldukları María Alejandrina Cervantes'in evinde aramakla işe başlamışlardı. Daha başka pek çokları gibi bu bilgi de soruşturma raporunda yer almıyordu. Aslında Santiago Nasar, ikizlerin onu aramaya gittiklerini söyledikleri saatte artık orada değildi, çünkü evden eve dolaşıp serenat yapmak için biz hep birlikte sokağa çıkmıştık; ama her ne olursa olsun onların oraya gittikleri doğru değildi. "Buraya gelmiş olsalardı bir daha asla çıkamazlardı," demişti bana María Alejandrina Cervantes. Ben de onu o kadar iyi tanıyan bir kişi olarak bu sözlerinden asla kuşku duymamıştım. Oysa onlar Santiago Nasar'ı beklemek için kalkıp Clotilde Armenta'nın evine gitmişlerdi; ama kasabanın yarısı oradan geçse de Santiago Nasar'ın oraya uğramayacağını biliyorlardı. "Açık olan tek yer orasıydı," diye ifade vermişlerdi sorgu yargıcına. Beraat ettikten sonra da, "Er geç oradan geçecekti," demişlerdi bana. Ancak Plácida Linero'nun evinin sokak kapısının gündüz vakti bile içerden kol demiriyle kapalı olduğunu, arka kapının anahtarlarını da Santiago Nasar'ın her zaman yanında taşıdığını herkes biliyordu.

İkiz Vicario kardeşler bir saatten fazladır onu ön kapıda bekleyip dururlarken, gerçekten de Santiago Nasar eve dönüp içeriye arka kapıdan girmişti, daha sonra piskoposu karşılamak için meydana açılan ön kapıdan çıktıysa da, bunu öyle beklenmedik bir nedenle yapmıştı ki, sorgu yargıcı bile bir türlü anlayamamıştı.

İşleneceği bu kadar açıkça duyurulmuş bir cinayet olamazdı. Kız kardeşleri o adı onlara ifşa ettikten sonra ikiz Vicario kardeşler, kasaplık gereçlerini sakladıkları domuz ahırına giderek en iyi iki bıçağı seçmişlerdi: Bunlardan biri, on parmak uzunluğunda, iki buçuk parmak eninde bir kasap bıçağı, öbürü de yedi parmak uzunluğunda, bir buçuk parmak eninde bir et ayıklama bıçağıydı. Onları bir bez parçasına sarmalamışlar; bazı tezgâhların yeni yeni açılmaya başladığı kasaplar çarşısına bilemeye götürmüşlerdi. Günün ilk müşterileri pek azdı; ama yirmi iki kişi onların neler söylediklerini duydukları yolunda ifade vermişlerdi, bunların hepsi de Vicarioların tek amacının o sözleri herkesin duyması olduğu izleniminde birleşiyordu. Kasaplık yapan Faustino Santos adındaki bir arkadaşları, sakatat tezgâhını daha yeni açtığında saat 03.20'de onların içeri girdiklerini görmüş, Pazartesi günü, üstelik de üzerlerinde düğünde giydikleri koyu renk giysileriyle neden o kadar erken saatte orada olduklarını anlayamamıştı. Onları cuma günleri; ama biraz daha geç saatte, hayvan kesmek için kullandıkları deri önlükleriyle görmeye alışıktı. "Herhalde öyle sarhoş olmuşlar ki, yalnızca saati değil günü de şaşırmışlar diye düşündüm," demişti bana Faustino Santos. Onlara günlerden Pazartesi olduğunu hatırlatmıştı.

"Onu bilmeyecek ne var, salak," diye karşılık vermişti Pablo Vicario, sakin bir tavırla, "biz yalnızca bıçaklarımızı bilemeye geldik," demişti.

Bıçakları bileği makinesinde, her zaman yaptıkları

gibi bilemişlerdi: Pedro iki bıçağı birden tutup sırayla bileğitaşına sürtüyor, Pablo da manivelayı çeviriyordu. Bir yandan da düğünün şatafatından söz ediyorlardı öteki kasaplarla. Kimileri, meslektaş oldukları halde düğün pastasından paylarına düşeni alamadıklarından yakınıyordu. Onlar da daha sonra pastadan yollatacaklarına söz vermişlerdi. En sonunda bıçaklarını bileğitaşına sürterek tiz bir ses çıkartmışlar, sonra Pablo kendininkini lambaya doğru kaldırarak çeliğin nasıl parladığına bakmış, "Santiago Nasar'ı öldüreceğiz," demişti.

İyi insanlar olarak öyle nam salmışlardı ki, kimse aldırış etmemişti onlara. "Biz o sözlerin sarhoş palavraları olduğunu sanmıştık," diye ifade vermişlerdi kasapların birçoğu, tıpkı onları daha sonra gören Victoria Guzmán'la daha başka pek çok kişi gibi. Ben bir keresinde, kasaplık mesleğinin insanın ruhunda adam öldürmeye yatkınlık olduğunu gösterip göstermediğini sormuştum kasaplara; ama onlar karşı çıkmışlardı: "Biz bir hayvan kestiğimizde gözlerinin içine bakmaya cesaret edemeyiz," diye. İçlerinden biri, daha önceden bildiği, hele hele sütünü içtiği bir ineği kesemeyeceğini söylemişti bana. Ben de onlara Vicario kardeşlerin kendi yetiştirdikleri, adlarıyla çağıracak kadar yakından bildikleri aynı domuzları kestiklerini hatırlatmıştım. "Doğru," diye karşılık vermişti bir tanesi, "ama dikkat ederseniz onlara insan adları değil, çiçek adları koyuyorlardı." Pablo Vicario'nun savurduğu tehditte gerçeğin ışıltısı olduğunu sezinleyen tek kişi Faustino Santos olmuş, daha önce ölmeyi hak eden onca zengin adam varken neden kalkıp da Santiago Nasar'ı öldürmeleri gerektiğini şaka yollu sormuştu onlara.

"Santiago Nasar, nedenini iyi bilir," diye karşılık vermişti Pedro Vicario.

Faustino Santos, içinde bir kuşku uyandığını, belediye başkanının kahvaltısı için yarım kilo ciğer almak üzere az sonra uğrayan bir polis memuruna bunu haber verdiğini anlattı bana. Soruşturma raporuna göre bu polis memurunun adı Leandro Pornoy'du, ertesi yıl kasabanın koruyucu azizleri onuruna yapılan şenliklerde şahdamarına bir boğanın indirdiği boynuz darbesiyle ölmüştü. Bu yüzden de onunla hiç konuşamadım; ama Clotilde Armenta, ikiz Vicario kardeşler Santiago Nasar'ı beklemek üzere içeri girip oturduklarında dükkânına gelen ilk kişinin o olduğunu doğrulamıştı bana.

Clotilde Armenta, tezgâh başında kocasının yerini daha yeni almıştı. Her zaman uyguladıkları bir yöntemdi bu. Dükkânda günün ilk ışıklarıyla süt, gün boyunca da yiyecek maddeleri satılıyordu, akşam saat altıdan sonra da meyhaneye dönüşüyordu. Clotilde Armenta dükkânı sabah saat 03.30'da açardı. İyi bir adam olan kocası Don Rogelio de la Flor da kapatma saatine kadar meyhaneyi işletirdi. Ama o gece düğün eğlencesinde yoldan çıkmış o kadar çok müşteri olmuştu ki, dükkânı kapatamadan saat üçten sonra girebilmişti yatağa, Clotilde Armenta da her zamankinden daha erken kalkmıştı, çünkü piskopos gelmeden önce işi bitirmek istiyordu.

Vicario kardeşler saat 04.10'da girmişlerdi içeri. O saatte yiyecek maddesinden başka bir şey satılmıyordu; ama Clotilde Armenta, yalnızca onları beğendiğinden değil, aynı zamanda kendisine göndermiş oldukları düğün pastası nedeniyle minnettar da olduğundan, onlara bir şişe şekerkamışı romu satmıştı. Birkaç koca yudumda bütün şişeyi içip bitirmişler ama bana mısın dememişlerdi. "Kafalarındaki saplantıya öyle bir dalmışlardı ki," demişti bana Clotilde Armenta, "lambanın gazını bile içseler üzerlerindeki baskıdan kurtulacak durumda değillerdi." Sonra aba ceketlerini çıkarıp büyük bir dikkatle sandalyelerinin arkasına asmışlar, bir şişe daha ısmarlamışlardı. Üzerindeki kurumuş terden gömlekleri pislik içindeydi, bir önceki günden kalma sakalları dağ adamı görünümü veriyordu onlara. İkinci şişeyi, Plácida Linero'nun karşı kaldırımda pencereleri karanlık duran evinden gözlerini ayırmadan, oturdukları yerde ağır ağır içmişlerdi. Balkondaki en büyük pencere Santiago Nasar'ın yatak odasının penceresiydi. Pedro Vicario, o pencerede ışık görüp görmediğini sormuştu Clotilde Armenta'ya, o da görmediğini söylemişti ama onun bu ilgisini garipsemişti.

"Ona bir şey mi oldu?" diye sormuştu.

"Yoo," diye karşılık vermişti Pedro Vicario. "Yalnızca öldürmek için onu arıyoruz da."

Bu öyle beklenmedik bir yanıt olmuştu ki, kadın kulaklarına inanamamıştı. Ama ikizlerin elinde mutfak bezlerine sarılı iki kasap bıçağı olduğu dikkatini çekmişti.

"Peki onu bu kadar erken saatte neden öldürmek istediğinizi sorabilir miyim?" diye sormuştu.

"Nedenini kendisi bilir," diye karşılık vermişti Pedro Vicario.

Clotilde Armenta, onları dikkatle incelemişti. İkiz kardeşleri o kadar iyi tanırdı ki, birbirlerinden ayırt edebilirdi, özellikle de Pedro Vicario askerden döndüğünden beri. "Tıpkı iki çocuğa benziyorlardı," demişti bana. Ve bu düşünce onu korkutmuştu, çünkü ancak çocukların her şeyi yapabileceklerini düşünürdü hep. Böylece süt kaplarını hazırlamayı bitirip dükkânda neler olup bittiğini anlatmak üzere gidip kocasını uyandırmıştı. Don Rogelio de la Flor yarı uykulu bir halde dinlemişti onu.

"Saçmalama," demişti karısına, "o ikisi kimseyi öldüremez, hele zengin birini hiç."

Clotilde Armenta, dükkâna geri döndüğünde, ikizler, belediye başkanının sütünü almaya gelmiş olan polis memuru Leandro Pornoy'la sohbet ediyorlardı. Ne konuştuklarını duyamamıştı; ama adamın dışarı çıkarken o bıçaklara bakışından, niyetleri hakkında bir şeyler söylemiş olduklarını tahmin ediyordu.

Albay Lázaro Aponte, saat dörtten az önce kalkmıştı. Polis memuru Leandro Pornoy, Vicario kardeşlerin niyetlerini kendisine açıkladığında tıraş olmayı daha yeni bitirmişti. Bir gece önce o kadar çok arkadaş kavgasını yatıştırmıştı ki, bir tanesini daha halletmek için acele etmesine gerek yoktu. Sakin sakin giyinmiş, papyonu kusursuz oluncaya kadar birkaç kez çözüp baştan bağlamıştı; sonra da piskoposu karşılamaya gitmek üzere boynuna Meryem Ana Tarikatı'nın göğüslüğünü takmıştı. Halka halka doğranmış soğanlı ciğer yahnisiyle kahvaltısını ederken eşi büyük bir heyecanla Bayardo San Román'ın Angela Vicario'yu evine geri gönderdiğini anlatmış; ama albay olayı onun kadar dramatik görmemişti.

"Tanrım," diye onu alaya almıştı, "kim bilir piskopos ne düşünecek?"

Yine de kahvaltısını bitirmeden önce emir erinin az önce ona söylediklerini hatırlamış, bu iki haberi bir araya getirince bir bulmacanın iki parçası gibi birbirine tıpatıp uyduğunu anlayıvermişti. Bunun üzerine yeni liman sokağından kasaba meydanına gitmişti, buradaki evler piskoposun gelişiyle canlanmaya başlamıştı. "Saatin neredeyse beş olduğunu, yağmur yağmaya başladığını kesin olarak hatırlıyorum," dedi bana Albay Lázaro Aponte. Yolda giderken karşısına çıkan üç kişi, Vicario kardeşlerin Santiago Nasar'ı öldürmek için beklediklerini gizlice anlatmıştı ona; ama bunlardan yalnızca biri biliyordu nerede beklediklerini.

Albay Aponte, Vicario kardeşleri Clotilde Armenta'nın dükkânında bulmuştu. "Onları gördüğümde tamamen kabadayılık tasladıklarını düşündüm," dedi bana, o her zamanki mantıklı haliyle, "çünkü sandığım kadar sarhoş değillerdi." Niyetlerini anlamak için onları sorgulamamıştı bile, yalnızca ellerinden bıçaklarını alıp onları yatmaya göndermişti. Eşinin telaşını yatıştırdığı o her zamanki gönül alıcı tavrıyla konuşmuştu onlarla.

"Düşünsenize bir kere," demişti, "sizi bu durumda görecek olursa piskopos ne der!"

Onlar da çekip gitmişlerdi. Clotilde Armenta, belediye başkanının işi bu kadar hafife almasıyla bir kez daha hayal kırıklığına uğramıştı, çünkü işin doğrusu açığa çıkana kadar ikizleri tutuklatması gerektiğini düşünüyordu. Albay Aponte, son bir gerekçe olarak bıçakları göstermişti ona.

"Artık ellerinde kimseyi öldürecek bir şey kalmadı," demişti.

"Sorun o değil ki," demişti Clotilde Armenta da. "O zavallı çocukları üstlerine çöken o korkunç yükten kurtarmak gerek."

Kadın sezinlemişti neler olduğunu. Vicario kardeşlerin bu hükmün infazını yerine getirmek kaygısında olmaktan çok, biri çıkıp bir iyilik yaparak kendilerini engellese diye düşündüklerinden kesinlikle emindi. Ama Albay Aponte'nin vicdanı rahattı.

"Sırf kuşkulara dayanarak kimseyi tutuklayamazsınız," demişti. "Şimdi bütün iş, Santiago Nasar'ı uyarmakta, ondan sonra sen sağ ben selamet."

Clotilde Armenta, Albay Aponte'nin tıknaz, bodur görünümünün onu oldukça mutsuz ettiğini hatırlıyordu her zaman; oysa ben, yazışma yoluyla öğrendiği ispritizma seanslarını tek başına uygulamaktan birazcık kafası karışmış olmakla birlikte, mutlu bir insan olarak anmışımdır onu. O Pazartesi günkü davranışı, düşüncesizliğinin kesin kanıtıydı. Aslında limanda görene kadar Santiago Nasar'ı bir daha aklına getirmemiş, o zaman da doğru kararı aldığı için kendi kendini kutlamıştı.

Vicario kardeşler, niyetlerini, dükkâna süt almaya

giden on ikiden çok kişiye anlatmışlar, onlar da saat altıdan önce bu haberi dört bir yana yaymışlardı. Haberin karşıdaki evde duyulmamış olması Clotilde Armenta'ya olanaksız geliyordu. Santiago Nasar'ın orada olmadığını düşünüyordu, çünkü yatak odasının ışığının yandığını görmemişti, önüne çıkan herkese onu nerede görürlerse uyarmalarını tembih etmişti. Rahibeler için süt almaya gelen çömez kız aracılığıyla Peder Amador'a bile haber yollamıştı. Saat dörtten sonra, Plácida Linero'nun evinde mutfak ışıklarının yandığını görünce de, her gün Allah rızası için bir parça süt istemeye gelen dilenci kadınla Victoria Guzmán'a son olarak acil bir mesaj yolladı. Piskoposun gemisinin düdüğü öttüğünde neredeyse herkes onu karşılamak üzere uyanmıştı, ikiz Vicario kardeşlerin Santiago Nasar'ı öldürmek üzere beklediklerini bilmeyenimiz de pek azdı, üstelik bunun nedeni de tüm ayrıntılarıyla biliniyordu.

Clotilde Armenta, sütünü satmayı henüz bitirmemişken, Vicario kardeşler gazete kâğıtlarına sarılı iki bıçak daha alarak geri dönmüşlerdi. Bunlardan biri, on iki parmak uzunluğunda, üç parmak eninde, sert çeliği pas içinde bir et doğrama bıçağıydı, savaş yüzünden Alman bıçaklarının gelmediği dönemde küçük bir testerenin metalinden Pedro Vicario kendisi yapmıştı onu. Öbür bıçak daha kısaydı ama ağzı enli ve kıvrıktı. Sorgu yargıcı, belki de tanımlayamadığından, raporuna onun resmini çizmiş, kıvrık bir minyatür hançere benzediğini belirtirken pek de yanılmamıştı. Cinayet işte bu iki bıçakla işlenmişti, her ikisi de çok kullanılmış, son derece ilkel bıçaklardı.

Faustino Santos, neler olup bittiğini bir türlü anlayamamıştı. "Bıçakları bilemeye yeniden geldiler," dedi bana, "Santiago Nasar'ın karnını deşeceklerini herkes duysun diye yine avaz avaz bağırdılar, ben de palavra attıklarını sandım, özellikle de bıçaklara dikkat etmediğim için, onların aynı bıçaklar olduğunu sanmıştım." Oysa bu kez Clotilde Armenta, daha onların içeri girdiklerini görür görmez, eskisi kadar kararlı olmadıklarını fark etmişti.

Aslında iki kardeşin arasında ilk uyuşmazlık patlak vermişti. Görünürde tıpatıp birbirlerine benzedikleri halde içdünyalarında yalnızca çok farklı olmakla kalmıyorlar, zor durumlarda birbirlerinden tümüyle zıt karakterde oldukları ortaya çıkıyordu. Biz arkadaşları bunu daha ilkokuldayken fark etmiştik. Pablo Vicario, kardeşinden altı dakika daha büyüktü, yeniyetmelik dönemine kadar da ondan daha hayalperest, daha kararlı biri olmuştu. Pedro Vicario, bana her zaman daha duygusal biri olarak görünmüştü, yine de daha otoriterdi. 20 yaşına geldiklerinde askerlik şubesine birlikte gitmişler, Pablo Vicario, ailesinin başında kalabilmesi için askerlikten muaf tutulmuştu. Pedro Vicario, askerlik hizmetini on bir ay boyunca kolluk kuvvetlerinde devriye görevi yaparak tamamlamıştı. Ölüm korkusuyla daha da pekişen ordu disiplini, onun emretme eğilimini, büyük kardeşi yerine karar verme alışkanlığını geliştirmişti. Onbaşı rütbesiyle terhis olup askerî tıbbın en sert yöntemlerine, Doktor Dionisio Iguarán'ın arsenik iğneleriyle permanganat lavmanlarına bile direnen belsoğukluğu hastalığıyla askerden dönmüştü. Ancak sonradan hapisteyken onu iyileştirmeyi başarabilmişlerdi. Pedro Vicario, tam bir asker ruhuyla sol böğründeki kurşun yarası izini her isteyene göstermek için gömleğini yukarı sıyırmak gibi yeni bir alışkanlıkla geri döndüğünde, dostları olan bizler, Pablo Vicario'da kısa sürede küçük kardeşine karşı acayip bir bağımlılık geliştiği düşüncesinde birleşmiştik. Hatta kardeşinin bir savaş madalyası gibi sergilediği büyük adamlara yaraşır belsoğukluğu hastalığı karşısında bir tür hayranlık duymaya bile başlamıştı.

Kendi ifadesine göre, Santiago Nasar'ı öldürme kararını Pedro Vicario almış, başlangıçta büyük kardeşi onun peşinden gitmekten başka bir şey yapmamıştı. Ancak belediye başkanı ellerinden silahlarını alınca, görevlerinin sona erdiğini kabul eden de, görünüşe göre yine o olmuş, bunun üzerine Pablo Vicario dizginleri ele almıştı. Sorgu yargıcı önünde ayrı ayrı verdikleri ifadelerde ikisi de bu anlaşmazlıktan söz etmemişti. Ama Pablo Vicario, kardeşini son karara razı etmenin kolay olmadığını kaç kez doğrulamıştı bana. Belki de aslında bu geçici bir panik duygusundan başka bir şey değildi; ama ortada bir gerçek vardı, o da Pablo Vicario'nun öteki iki bıçağı almak üzere domuz ahırına tek başına gitmiş olmasıydı, o arada kardeşi demirhindi ağaçlarının altında büyük bir acı içinde damla damla işemeye çalışıyordu. "Ağabeyim bunun nasıl bir şey olduğunu asla bilmemiştir," demişti bana Pedro Vicario, yaptığımız tek görüşmede. "Tıpkı öğütülmüş cam işer gibiydim." Pablo Vicario elinde bıçaklarla geri döndüğünde onu hâlâ ağaca sarılmış olarak bulmuştu. "Çektiği acıdan soğuk terler döküyordu," demişti bana, "kimseyi öldürecek hali olmadığı için de benim tek başına gitmemi söylemeye çalıştı." Pedro Vicario düğün yemeği için ağaçların altına yerleştirilmiş olan marangoz masalarından birine oturmuş, pantolonunu dizlerine kadar indirmişti. "Penisine sardığı gazlı bezi değiştirmek için yarım saat kadar uğraştı," dedi bana Pablo Vicario. Aslında on dakikadan fazla sürmemişti; ama bu iş Pablo Vicario için o kadar zor, o kadar anlaşılmaz bir şeydi ki, gün ışıyana kadar vakit kazanmak için kardeşinin yeni bir hilesi olarak yorumlamıştı bunu. Böylelikle bıçağı onun eline tutuşturarak, kız kardeşlerinin kirlenen namusunu temizlemek üzere onu neredeyse zorla alıp götürmüştü.

"Başka çare yok," demişti ona, "sen bunu oldubitti say."

Avlulardaki köpeklerin gürültü patırtısı arasında, ellerinde hiçbir şeye sarmadıkları bıçaklarla, domuz ahırının büyük kapısından dışarı çıkmışlardı. Hava aydınlanmaya başlamıştı. "Yağmur yağmıyordu," diye hatırlıyordu Pablo Vicario. "Tam tersine," diye hatırlıyordu Pedro da, "denizden rüzgâr esiyordu, yıldızlar da hâlâ parmakla birer birer sayılacak kadar belirgindiler." Haber artık ortalığa öyle bir yayılmıştı ki, Hortensia Baute onlar tam evinin önünden geçerlerken kapıyı açmış, Santiago Nasar için ilk gözyaşı döken de o olmuştu. "Onu öldürdüklerini sandım," dedi bana, "çünkü ellerindeki bıçakları sokak lambasının ışığı altında görmüştüm, üzerlerinden kanlar damlıyor gibi gelmişti bana." O kuytu sokakta açık olan pek az evden biri de, Pablo Vicario'nun nişanlısı olan Prudencia Cotes'in eviydi. İkizler o saatte oradan her geçişlerinde, özellikle de çarşıya gittikleri cuma günleri, günün ilk kahvesini içmek için oraya uğrarlardı. Avlunun kapısını itip açmışlar, üstlerine saldıran köpekler sabahın alacakaranlığında onları hemen tanımıştı; Prudencia Cotes'in mutfaktaki annesini selamlamışlardı. Kahve henüz hazır değildi.

"Sonraya kalsın," demişti Pablo Vicario, "şimdi acelemiz var."

"Tahmin edebiliyorum, çocuklar," demişti kadın da. "Namus meselesi beklemez."

Ama yine de beklemişlerdi, işte o zaman Pedro Vicario, ağabeyinin bile bile vakit kaybettiğini düşünmüştü. Onlar kahvelerini içerlerken, Prudencia Cotes de, yeniyetmeliğinin tüm güzelliği içinde, ocağın alevini canlandırmak için elinde bir tomar eski gazeteyle mutfağa girmişti. "Neyin hazırlığı içinde olduklarını biliyordum," dedi bana, "yalnızca onlarla aynı fikirde olmakla kalmıyordum, erkeklik görevini yerine getirmeyecek olursa onunla asla evlenmeyecektim." Kız mutfaktan çıkmadan önce Pablo Vicario, elindeki gazetelerden iki sayfa ayırıp bıçakları sarsın diye kardeşine vermişti. Prudencia Cotes, onların avlu kapısından çıkıp gittiklerini görene kadar mutfakta beklemişti; Pablo Vicario hapisten çıkıp da onun ömür boyu eşi olana kadar da üç yıl boyunca en küçük bir umutsuzluğa kapılmadan beklemeyi sürdürecekti.

"Dikkatli olun," demişti onlara.

İşte bu yüzden de Clotilde Armenta, ikizleri eskisi kadar kararlı görmemekte haksız sayılmazdı, ikiz kardeşleri niyetlerinden büsbütün vazgeçirmek umuduyla bir şişe sığırkuyruğu rakısı ikram etmişti onlara. "O gün biz kadınların bu dünyada ne kadar yalnız olduğumuzun farkına vardım!" dedi bana sütçü kadın. Pedro Vicario ondan kocasının tıraş takımını ödünç olarak istemiş, kadın da fırçayı, sabunu, duvara asılan aynayı, yeni bir jiletle tıraş makinesini getirmişti; ama Pedro Vicario et doğrama bıçağıyla tıraş olmuştu. Clotilde Armenta, bunun maçoluğun son haddi olduğu düşüncesindeydi. "Tıpkı sinemalardaki kabadayılara benziyordu," dedi bana. Oysa kendisi bana sonradan açıklamıştı, dediği de doğruydu, kışladayken berber usturasıyla tıraş olmayı öğrenmiş, bir daha da asla başka türlü tıraş olamamıştı. Ağabeyine gelince; Don Rogelio de la Flor'un ödünç aldığı makinesiyle kolay tarafından tıraş olmuştu o. En sonunda da şişedeki içkiyi, büyük bir sessizlik içinde, karşıdaki evin ışıksız pencerelerini hiç uyumamış insanların mahmurluğu içinde seyrederek, ağır ağır içmişlerdi; o arada hiç gerekmediği halde süt almaya gelen sözde müşteriler dükkâna uğruyor, satılmayan yiyecek maddelerini soruyorlardı, bunların niyeti öldürmek için Santiago Nasar'ı gerçekten bekleyip beklemediklerini görmekti.

Vicario kardeşler, o pencerede ışık yandığını göremeyeceklerdi. Santiago Nasar evine saat 04.20'de girmişti; ama yatak odasına varmak için hiçbir ışık yakmasına gerek yoktu, çünkü merdivendeki küçük lamba bütün gece açık bırakılıyordu. Üstünü çıkarmadan karanlıkta kendini yatağın üstüne atmıştı, uyumak için yalnızca bir saati vardı; Victoria Guzmán, piskoposu karşılaması için uyandırmaya yukarı çıktığında onu böyle bulmuştu işte. Saat üçten sonrasına kadar María Alejandrina Cervantes'in evinde onunla birlikte olmuştuk, o saatte kadın kendisi çalgıcıları sepetlemiş, melez hayat kadınları dinlenmek üzere tek başlarına yatsınlar diye avlunun ışıklarını söndürmüştü. Üç günden beri geceli gündüzlü hiç dinlenmeden çalışıyorlardı, önce gizlice onur konuklarını ağırlamışlar, sonra da düğün cümbüşünde hevesini alamamış olan bizlerle vur patlasın çal oynasın eğlenmişlerdi. Ancak öldüğünde uyuyacak, dediğimiz María Alejandrina Cervantes, ömrümde tanıdığım en zarif, en sevecen kadındı, yatakta da en doyurucu ama aynı zamanda en sert olanıydı. Burada doğmuş, burada büyümüştü, kiralık bir sürü odası, avlusunda Paramaribo'daki Çin pazarlarından aldığı içi boş kabaktan yapılma lambalarla aydınlanan koskoca bir dans pisti olan, kapıları herkese açık bir evde, burada yaşıyordu. Benim kuşağımın bekâretini silip süpüren de o olmuştu. Öğrenmemiz gerekenden çok daha fazlasını öğretmişti bizlere; ama her şeyin üstünde de hayatta hiçbir yerin boş bir yatak kadar hüzünlü olamayacağını öğretmişti. Santiago Nasar onu ilk gördüğü andan itibaren aklı başından gitmişti. Ben onu uyarmıştım: *Savaşçı balıkçılla düşüp kalkmaya cesaret eden şahini, tehlike bekler,* diye. Ama o, María Alejandrina Cervantes'in sirenleri[1] çağrıştıran büyüleyici

1. Yunan mitolojisinde, büyüleyici şarkılarıyla denizcileri tehlikeye düşüren yarı kuş, yarı kadın yaratık.

şarkılarıyla kendinden geçmiş bir halde bana kulak asmamıştı. Kadın onun için deliliğe varan bir tutku halini almış, 15 yaşında bir gencin uğruna gözyaşları döktüğü aşk ilahesi olup çıkmıştı, ta ki sonunda İbrahim Nasar, oğlunu kayışla döve döve kadının yatağından söküp alarak bir yıldan fazla bir süre *El Divino Rostro*'ya kapatana kadar. O zamandan beri de derin bir sevgiyle birbirlerine bağlı kalmayı sürdürmüşlerdi; ama bu ilişkide aşkın karmaşasına yer yoktu, kadın ona öyle büyük bir saygı besliyordu ki, o oradayken başka kimseyle bir daha yatmamıştı. O son tatilimizde yorgun olduğu gibi sudan bir bahaneyle bizi erkenden yolluyor; ama ben gizlice dönüp geleyim diye kapının kol demirini takmadan koridorun ışığını açık bırakıyordu.

Santiago Nasar'ın kılık değiştirmekte şaşırtıcı bir yeteneği vardı, en sevdiği eğlencesi de melez kızların kimliklerini birbirleriyle değiştirmekti. Kimilerinin giysi dolaplarını ötekileri giydirmek için altüst eder, sonunda hepsi kendilerini başka türlü hissederler, olmadıkları kişiler olup çıkarlardı. Bir keresinde kızlardan biri kendini bir başkasında öyle kusursuz bir biçimde kopyalanmış görmüştü ki, hüngür hüngür ağlamaya başlamıştı. "Kendimi sanki aynadan dışarı çıkmışım gibi hissettim," demişti. Ama o gece María Alejandrina Cervantes, Santiago Nasar'ın kılık değiştirtme becerileriyle son kez eğlenmesine izin vermemiş, bunu da öyle saçma bahanelerle yapmıştı ki, o anının bıraktığı burukluk bütün hayatını değiştirmişti. Böylelikle çalgıcıları yanımıza alarak tur atıp serenat yapmaya çıkmış, ikiz Vicario kardeşler öldürmek için Santiago Nasar'ı bekleyip dururlarken, biz de eğlenceyi kendi hesabımıza sürdürmüştük. Saat neredeyse sabahın dördü olduğunda, dul Xius'un evinin bulunduğu tepeye tırmanıp yeni evlilere serenat yapma fikri de Santiago Nasar'dan çıkmıştı.

Yalnızca pencerelerin altında şarkılar söylemekle kalmamış, bahçede havai fişekler atıp kestanefişekleri de patlatmıştık; ama villanın içinde en küçük bir hayat belirtisi bile görememiştik. Özellikle de yeni araba kapıda durduğundan, içeride kimse olmadığı aklımıza bile gelmemişti, arabanın üstü hâlâ açıktı, şenlik sırasında taktıkları saten kurdelelerle parafinden yapılma portakal çiçeği demetleri de duruyordu. O zamanlar bir profesyonel gibi gitar çalan erkek kardeşim Luis Enrique, yeni evlilerin onuruna mutsuz evliliklerden dem vuran doğaçlama bir şarkı çalmıştı. O saate kadar yağmur yağmamıştı. Tam tersine ay, gökyüzünün tam ortasındaydı, hava berraktı, tepenin ta altındaki mezarlıkta ışıl ışıl parlayan ateşlerin ışığı bir çizgi halinde görünüyordu. Öte yanda da ay ışığının altında masmavi görünen muz bahçeleri, hüzünlü bataklıklar ve Karayip Denizi'nin fosforlu ufuk çizgisi seçilebiliyordu. Santiago Nasar, denizde yanıp sönen bir ışığı göstermiş, Senegal'den yüklediği kölelerle Cartagena de Indias'ın geniş ağzında batmış bir zenci köle gemisinin hayaleti olduğunu söylemişti. İçinde herhangi bir vicdan azabı olduğunu düşünmek mümkün değildi, zaten Angela Vicario'nun kısacık ömürlü evlilik yaşantısının iki saat önce sona erdiğinden o sırada haberi bile yoktu. Bayardo San Román, motor sesi bahtsızlığını vaktinden önce ele vermesin diye karısını yayan olarak babasının evine götürmüş, sonra dul Xius'un vaktiyle mutlu olduğu evde, ışıklar kapalı olarak, yeniden tek başına kalmıştı.

Tepeden aşağı indiğimizde erkek kardeşim çarşıdaki meyhanelerde kızartılmış balıkla kahvaltı yapmaya davet etmişti bizi; ama Santiago Nasar, piskopos gelene kadar bir saat olsun uyuyabilmek için kabul etmemişti. Yanında Cristo Bedoya'yla birlikte, eski limanda ışıkları yanmaya başlayan salaş lokantaları izleyerek ırmak boyunca yürüyüp gitmiş, köşeyi dönmeden önce durup bize el sallamıştı. Bu onu son görüşümüz oldu.

Daha sonra limanda buluşmak üzere sözleştiği Cristo Bedoya, evinin arka kapısında vedalaşmıştı onunla. Köpekler onun girdiğini duyunca her zamanki gibi havlamışlar; ama o alacakaranlıkta anahtarlarını şıngırdatarak yatıştırmıştı onları. Mutfaktan geçip evin içine doğru ilerlerken, Victoria Guzmán ateşin üzerindeki kahve cezvesini gözlüyordu.

"Beyaz adam," diye seslenmişti ona, "kahve hazır olmak üzere."

Santiago Nasar, kahveyi daha sonra içeceğini söylemiş, Divina Flor'un kendisini beş buçukta uyandırmasını, üzerindekinin eşi olan bir kat temiz giysiyi odasına götürmesini istemişti. O yatmaya çıktıktan bir dakika sonra Victoria Guzmán, Clotilde Armenta'nın süt dilenen kadınla yolladığı mesajı almıştı. Saat 5.30'da Santiago Nasar'ı uyandırma emrini yerine getirmiş; ama Divina Flor'u yollamak yerine elinde onun keten giysisiyle yatak odasına bizzat kendisi çıkmıştı, çünkü kızını efendisinin pençelerinden korumak için hiçbir fırsatı kaçırmazdı.

María Alejandrina Cervantes evinin kapısına kol demirini takmamıştı. Kardeşime veda edip melez kızların kedilerinin lalelerin arasında birbirlerine sokulup uyudukları koridoru geçerek yatak odasının kapısını vurmadan itmiştim. Işıklar sönüktü; ama içeri girer girmez ılık kadın bedeni kokusunu almış, karanlıkta ışıl ışıl parlayan bir çift panter gözünü görmüştüm, daha sonra çanlar çalınmaya başlayana kadar bir daha kendime gelemedim.

Erkek kardeşim eve giderken sigara almak için Clotilde Armenta'nın dükkânına uğramıştı. O kadar çok içmişti ki, o karşılaşmayla ilgili anıları hep bulanık olmuştur; ama Pedro Vicario'nun kendisine ikram ettiği o ölümcül içkiyi hiç unutamaz. "Alev gibi bir şeydi," demişti bana. Artık uyuklamaya başlamış olan Pablo Vicario, onun içeri girdiğini hissedince irkilerek uyanmış, bıçağını göstererek, "Biz Santiago Nasar'ı öldüreceğiz," demişti.

Kardeşim bunu hatırlamıyordu bile. "Ama hatırlasaydım bile inanmazdım," demiştir bana kaç kez. "İkizlerin kalkıp da adam öldürecekleri hangi sersemin aklına gelirdi, hem de bir kasap bıçağıyla!" Sonra ona Santiago Nasar'ın nerede olduğunu sormuşlardı, çünkü o ikisini birlikte görmüşlerdi, kardeşim onlara ne karşılık verdiğini de hatırlamıyordu. Ama Clotilde Armenta'yla Vicario kardeşler onun yanıtını duyunca o kadar şaşırmışlardı ki, soruşturma raporunda ayrı ayrı verdikleri ifadelerde bunu açıkça belirtmişlerdi. Onlara bakılırsa kardeşim şöyle demişti: "Santiago Nasar öldü." Sonra piskoposvari bir hareketle herkesi kutsamış, kapının korkuluğuna takılıp tökezlemiş, sendeleyerek dışarı çıkmıştı. Meydanın orta yerine geldiğinde Peder Amador'la karşılaşmıştı. Sırtında ayin cüppesi, peşinde çıngırak çalan bir papaz çömezi ve piskoposun açık hava ayini için kullanılacak mihrabı taşıyan bir sürü yardımcısıyla, limana doğru gidiyordu. Onların geçtiğini görünce Vicario kardeşler istavroz çıkarmışlardı.

Clotilde Armenta, rahip, evlerinin önünden geçip gidince son umutlarını da yitirdiklerini anlattı bana. "Mesajımı almadığını sandım," dedi. Oysa Peder Amador, yıllar sonra, Calafell'deki kasvetli huzurevine çekildiğinde, limana gitmeye hazırlandığı sırada Clotilde Armenta'nın ve daha başkalarının acil mesajlarını gerçekten de aldığını itiraf etmişti bana. "Doğrusunu isterseniz ne yapacağımı bilememiştim," dedi. "Aklıma gelen ilk şey, bunun beni değil sivil yetkilileri ilgilendiren bir sorun olduğuydu; ama sonra Plácida Linero'ya uğrayıp ayaküstü bir şeyler söylemeye karar verdim." Yine de meydanı geçerken bu konuyu tümüyle unutmuştu. "Beni anlamalısınız," dedi bana. "Tam o uğursuz gün piskopos geliyordu." Cinayet anında öyle büyük bir umutsuzluğa düşmüş, kendini öylesine aşağılık hissetmişti ki, alarm çanlarının çalınmasını emretmekten başka yapacak bir şey gelmemişti aklına.

Kardeşim Luis Enrique, babam içeri girdiğimizi duymasın diye annemin kilitlemeden bıraktığı mutfak kapısından girmişti eve. Yatmadan önce banyoya gitmiş ama helada otururken uyuyakalmıştı; küçük kardeşim Jaime okula gitmek için kalktığında, karoların üzerine yüzükoyun yatmış, uykusunda şarkı söylerken bulmuştu onu. Akşamdan kaldığı için piskoposu karşılamaya gidemeyecek olan rahibe kız kardeşim de onu uyandırmayı başaramamıştı. "Banyoya gittiğimde saat beşi çalıyordu," dedi bana. Daha sonra öteki kız kardeşim Margot, limana gitmek üzere hazırlanırken, banyoya girdiğinde, Luis Enrique'yi zorlukla kaldırıp yatak odasına götürmeyi becermişti. Uykusunun içinde, hiç uyanmadan, piskoposun vapurunun ilk düdük seslerini duymuştu. Sonra akşamki eğlenceden tükenmiş bir halde horul horul uyumuştu, ta ki kız kardeşim yatak odasına girip bir yandan rahibe kılığını giymeye çalışırken çılgınlar gibi bağırarak onu uyandırana kadar:

"Santiago Nasar'ı öldürdüler!"

Bıçak kesikleri, Doktor Dionisio Iguarán'ın yokluğu nedeniyle Peder Carmen Amador'un yapmak zorunda kaldığı acımasız otopsinin yalnızca başlangıcıydı. "Sanki öldükten sonra onu bir kez daha öldürmüştük," demişti bana yaşlı rahip, Calafell'deki inziva yerinde. "Ama belediye başkanının emri öyleydi, ne kadar aptalca olursa olsun o gaddar herifin emirlerinin yerine getirilmesi gerekiyordu." Bu pek de doğru değildi. O inanılmaz Pazartesi'nin karmaşası içinde, Albay Aponte, eyalet valisiyle acil bir telgraf konuşması yapmış, o da bir sorgu yargıcı yollanana kadar hazırlıkları tamamlaması için ona yetki vermişti. Belediye Başkanı, adalet işlerinde hiçbir deneyimi olmayan eski bir subaydı, bilen birine işe nereden başlaması gerektiğini soramayacak kadar da kibirli biriydi. Huzurunu ilk kaçıran şey bu otopsi olmuştu. Tıp öğrencisi olan Cristo Bedoya, Santiago Nasar'la yakın dostluğu nedeniyle kendisini bu işten muaf tutmalarını sağlamıştı. Belediye Başkanı, Doktor Dionisio Iguarán dönene kadar cesedin buzdolabında saklanabileceğini düşünmüş; ama insan boyunda bir buzdolabı bulamamıştı, çarşıda bu iş için bulabildiği en uygun dolapsa hizmet dışıydı. Ceset, cenaze için şatafatlı bir tabut yapılana kadar daracık bir portatif demir karyolanın üzerine yatırılıp halkın görmesi için salonun ortasına yerleştirilmişti. Yatak odalarındaki ve bazı komşu evlerdeki vantilatörleri alıp getirmişlerdi; ama onu görmeye can atan o kadar çok kişi vardı ki, mobilyaları bir kenara çekip kafeslerle eğreltiotu saksılarını yerlerinden indirmek gerekmişti, öyle bile sıcaklık dayanılır gibi değildi. Üstelik ölümün kokusuyla azmış olan köpekler huzursuzluğu büsbütün artırıyorlardı. Ben eve girdiğimden beri ulumayı kesmemişlerdi, Santiago Nasar henüz mutfakta can çekişirken, Divina Flor'u avaz avaz ağlarken köpekleri kalın bir sopayla hizaya sokmaya çalışır bulmuştum.

"Yardım et bana!" diye bağırdı. "Bağırsaklarını yemek istiyorlar!"

Onları ahıra kapatıp kapıya asma kilit taktık. Plácida Linero daha sonra cenaze bitene kadar onları uzak bir yere götürmelerini emretmişti. Ama öğlene doğru, nasıl olduğunu kimse bilemeden, bulundukları yerden kaçmışlar, deli gibi evin içine doluşmuşlardı. Plácida Linero ilk kez olarak kendini kaybetmişti.

"Cenabet köpekler!" diye bağırdı. "Hepsini gebertin!"

Bu emir derhal yerine getirilmiş, ev yeniden sessizliğe bürünmüştü. O zamana kadar cesedin durumuyla ilgili hiçbir tedirginlik duyulmamıştı. Yüzü, şarkı söylediği zamanlardaki aynı ifadeyle el değmemiş gibi duruyordu, Cristo Bedoya iç organlarını yerli yerine koymuş, keten bir bezle sarıp sarmalamıştı. Ama yine de öğleden sonra yaralardan sızmaya başlayan şurup renginde bir su, sinekleri oraya çekmiş, üst dudağının üzerinde beliren mor bir leke, tıpkı suyun üzerine vuran bir bulutun gölgesi gibi, yavaş yavaş saç diplerine kadar yayılmıştı. Her zaman hoşgörülü bir ifade taşıyan yüzü, düşmanca bir havaya bürünmüş, annesi de onu bir mendille örtmüştü. Albay Aponte bunun üzerine artık daha fazla beklemenin mümkün olmadığını anlamış, Peder Amador'a otopsiyi yapmasını emretmişti. "Onu bir hafta sonra mezardan çıkarmak daha beter olacaktı," dedi bana. Peder, Salamanca'da tıp ve cerrahlık eğitimi görmüş ama mezun olmadan papaz okuluna girmişti; zaten belediye başkanı da biliyordu onun yapacağı otopsinin yasal bir değeri olmayacağını. Ama yine de emrinin yerine getirilmesini sağlamıştı.

Not tutan eczacıyla tatilini orada geçirmekte olan bir tıbbiye birinci sınıf öğrencisinin de yardımıyla, halk okulunun salonunda, tam bir kıyım gerçekleştirildi. Yalnızca ufak tefek cerrahi aletleri vardı ellerinde, geri kalanı birtakım zanaatkâr gereçleriydi. Cesedi kesip biçmesi bir yana bırakılacak olursa, Peder Amador'un raporu doğru gibi görünüyordu, sorgu yargıcı da bunu yararlı bir belge olarak raporuna iliştirmişti.

Santiago Nasar'ın aldığı sayısız yaraların yedisi ölümcüldü. Karaciğeri önyüzünden aldığı iki derin yarayla neredeyse parçalanmıştı. Midesinde dört kesik vardı, bunlardan biri o kadar derindi ki, mideyi delip geçmiş, pankreası parçalamıştı. Kalınbağırsağında daha küçük altı kesikle incebağırsağında sayısız yaralar vardı. Belkemiğinin üçüncü omuru hizasında sırtından aldığı tek darbe sağ böbreğini delip geçmişti. Karın boşluğunda büyük miktarda kan pıhtıları birikmişti, midesindeki bulamacın içinde Santiago Nasar'ın dört yaşındayken yutmuş olduğu altın Bakire Carmen madalyonu duruyordu. Göğüs boşluğunda iki kesik görünüyordu: Bunlardan biri sağ tarafındaki ikinci kaburga aralığından girip akciğeri etkilemiş, biri de sol koltukaltının çok yakınına girmişti. Ayrıca kollarıyla ellerinde daha küçük altı yara, iki tane de enlemesine kesik vardı: Bunlardan biri sağ uyluğunda, öteki de karın kaslarındaydı. Sağ elinin avcunda derin bir yara açılmıştı. Raporda şöyle deniyordu: "Çarmıha gerilen İsa'nın yara izini andırıyordu." Beyin kütlesi normal bir İngiliz'in beyninden altmış gram daha ağırdı; Peder Amador, Santiago Nasar'ın üstün bir zekâya sahip olduğunu, kendisini parlak bir geleceğin beklediğini raporunda belirtmişti. Ancak raporun son bölümünde karaciğerde aşırı büyüme olduğunu saptıyor, bunu iyi tedavi edilmemiş bir sarılık hastalığına bağlıyordu. "Yani," dedi bana, "zaten ancak birkaç yıllık ömrü kalmıştı." Santiago Nasar'ın gerçekten de on iki yaşındayken geçirdiği sarılığını tedavi etmiş olan Doktor Dionisio Iguarán, bu otopsiyi hatırlarken son derece sinirleniyordu. "Bu kadar ahmak olmak için ancak papaz olmak gerekir," demişti bana. "Bizler gibi tropikal bölgede yaşayanların karaciğerinin İspanyollarınkinden daha büyük olduğunu adamın kafasına sokmak bir türlü mümkün olmadı." Raporda sonuç olarak ölüm nedeninin en büyük yedi yaranın herhangi birinin başlattığı ağır kanama olduğu belirtiliyordu.

Bize geri verdikleri ceset bambaşkaydı. Kafatasının yarısı delgi işlemiyle parçalanmış, ölümün bile koruduğu yakışıklı delikanlı yüzü sonunda tanınmaz hale gelmişti. Ayrıca rahip, parçalanmış iç organlarını kökünden söküp çıkarmış; ama sonunda bunları ne yapacağını bilemediğinden öfke içinde kutsadıktan sonra çöp tenekesine atmıştı. Halk okulunun pencerelerine toplanmış olan son meraklıların artık daha fazla merakı kalmamış, otopsiye yardım eden tıp öğrencisi baygınlık geçirmişti; halkı bastırma hareketlerinde onca katliam görmüş, onca kıyıma neden olmuş olan Albay Lázaro Aponte bile sonunda ispritizmacılığının yanı sıra bir de vejetaryen olup çıkmıştı. İçine bez parçaları, kireçkaymağı tıkıldıktan sonra kalın kenevir sicimiyle çuvaldızlarla üstünkörü dikilmiş olan içi boş ceset, ipek kapitone kaplamalı yepyeni tabuta koyduğumuzda neredeyse dağılmak üzereydi. "Böylece daha uzun süre korunacağını düşünmüştüm," dedi bana Peder Amador. Ama tam tersi olmuştu: Şafak sökerken onu alelacele defnetmek zorunda kalmıştık, çünkü o kadar kötü bir durumdaydı ki, artık evin içinde varlığına dayanmak imkânsızdı.

Kasvetli bir salı sabahı, güneş doğuyordu. O boğucu günün sonunda gidip tek başıma yatacak cesareti bulamamıştım kendimde, sürgüyü sürmediğini umarak María Alejandrina Cervantes'in evine gittim, kapısını itip içeri girdim. Ağaçlara asılmış içi boş kabaktan yapılma lambalar hâlâ yanıyordu, avluda yanan bir sürü odun ateşinin üzerine yerleştirilmiş dumanları tüten koca koca kazanların içinde melez kızlar şenlik giysilerini yas rengine boyuyorlardı. María Alejandrina Cervantes'i her zamanki gibi şafak vakti uyanık bulmuştum, evde yabancılar bulunmadığı zamanlar olduğu gibi yine çırılçıplaktı. Kraliçelere yaraşır yatağının içinde, çeşitli yiyeceklerle Babil Kulesi'ni andıran koca bir tepsinin karşısına bağdaş kurup oturmuştu: Dana pirzolaları, haşlanmış tavuk, domuz bonfilesi, beş kişiye yetecek kadar muzla sebze garnitürleri vardı. Ölçüsüz miktarda yemek yemek her zaman onun tek ağlama yöntemi olmuştu, onu böylesine büyük bir acı içinde hiç görmemiştim. Hiç konuşmadan, giyinik olarak yanına uzandım, ben de kendimce ağlıyordum. Santiago Nasar'ın kaderinin acımasızlığını düşünüyordum: 20 yıllık mutlu yaşamını yalnızca canını alarak sona erdirmekle kalmamış, aynı zamanda bedenini paramparça ederek ortalığa dağıtıp yok etmişti. Kucağında bir kız çocuğuyla bir kadının odaya girdiğini gördüm rüyamda, çocuk soluk almadan, kıtır kıtır mısır yiyor, yarı çiğnenmiş mısır taneleri kadının kolsuz bluzuna düşüyordu. Kadın, "Hiç düşünmeden çiğneyip duruyor, öylesine, ne yediğine bakmadan," dedi bana. Birden aceleci parmakların gömleğimin düğmelerini açtığını duydum, arkamda yatan aşk canavarının o tehlikeli kokusunu duyumsadım, onun sevecenliğinin oynak kumlarının hazzına gömüldüğümü hissettim. Ama sonra birden durdu, ta uzaklardan öksürdü, hayatımdan geçip gitti.

"Yapamam," dedi, "onun kokusunu taşıyorsun."

O gün yalnızca ben değil, her şey Santiago Nasar gibi kokuyordu. Belediye Başkanı'nın onları ne yapacağını düşünene kadar kapattığı zindanda Vicario kardeşler de duyuyorlardı bu kokuyu. "Sabun ve tahta beziyle ne kadar ovalarsam ovalayayım, o kokuyu bir türlü gideremiyordum," demişti bana Pedro Vicario. Üç gecedir uyku uyumamışlardı; ama dinlenemiyorlardı, çünkü birazcık içleri geçmeye başlarken o cinayeti yeniden yaşıyorlardı. Pedro Vicario, artık neredeyse yaşlı bir adam olduğunda, o bitmek bilmez gündeki halini bana anlatmaya çalışırken, hiçbir zorluk çekmeden şöyle demişti: "Sanki iki kez uyanık olmak gibi bir şeydi." Onun bu sözü üzerine, zindandayken onlar için en dayanılmaz olan şeyin kafalarının berraklığı olduğunu düşünmüştüm.

Kaldıkları hücre üç metre uzunluğundaydı, ta tepede demir parmaklıklı bir hava deliği, portatif bir hela, el yıkamak için bir ibrikle leğen, üstlerine ot şilte serili iki tane de taş örme kerevet vardı. Burayı kendisi yaptırmış olan Albay Aponte, buradan daha insancıl bir yer olamayacağını söylüyordu. Kardeşim Luis Enrique de aynı fikirdeydi, çünkü bir gece çalgıcılar arasında çıkan bir dalaşma yüzünden onu oraya kapatmışlar, belediye başkanı sırf merhametinden melez kızlardan birinin ona eşlik etmesine izin vermişti. Belki Vicario kardeşler de sabahın saat sekizinde, kendilerini Arapların elinden kurtulmuş hissettiklerinde aynı şeyi düşünmüş olabilirlerdi. O dakikalarda töreyi yerine getirmiş olmanın saygınlığı avutuyordu onları, tek huzursuzlukları geçmek bilmeyen o kokuydu. Bol miktarda su, arapsabunu ve tahta bezi istemişler, kollarındaki, yüzlerindeki kanları temizlemişlerdi, ayrıca gömleklerini de yıkamışlardı ama bir türlü rahat edemiyorlardı. Pedro Vicario, müshilleriyle idrar söktürücü ilaçlarını, sargısını değiştirmek için bir rulo da gazlı bez istemiş, sabahleyin iki kez işeyebilmişti. Yine de gün ilerledikçe hayat onun için o kadar çekilmez bir hal almıştı ki, o koku ikinci planda kalmıştı. Öğle sonrası saat ikide sıcağın verdiği uyuşuklukla eriyecek hallerdeyken, Pedro Vicario artık o kadar yorgundu ki, yatağa uzanıp yatamıyordu; ama aynı yorgunluk ayakta durmasını da engelliyordu. Kasıklarındaki ağrı boynuna kadar çıkıyordu, çişini yapamaz olmuştu, ömrünün geri kalanı boyunca bir daha uyuyamayacağından emin olarak dehşete kapılmıştı. "On bir ay boyunca gözümü kırpmadım," dedi bana, bunun doğru olduğunu bilecek kadar iyi tanıyordum onu. O gün öğle yemeği de yiyememişti. Pablo Vicario'ya gelince; getirdikleri her şeyden birer parça yemiş, aradan on beş dakika geçtikten sonra pis kokulu bir ishal baş göstermişti. Akşam saat altıda, Santiago Nasar'ın cesedine otopsi yaparlarken, belediye başkanı acil olarak çağrılmıştı, çünkü Pedro Vicario, ağabeyini zehirlediklerinden emindi. "Su gibi gidiyordum," demişti bana Pablo Vicario, "bunun Türklerin[1] marifeti olduğu düşüncesini kafamızdan bir türlü söküp atamıyorduk." O zamana kadar portatif hela iki kez dolmuştu; gardiyan da Pablo Vicario'yu alıp altı kez belediyenin helasına götürmüştü. Albay Aponte onu orada bulmuştu, kapıları olmayan helada gardiyan, silahının namlusunu ona çevirmişti, öyle su gibi ishaldi ki, zehirlendiğini düşünmek olmayacak şey değildi. Ama yalnızca su içtiği, Pura Vicario'nun yolladığı yemeği yediği anlaşılınca bu olasılığı hemen göz ardı et-

1. Güney Amerika ülkelerinde Ortadoğu'dan göçen Arap kökenlilere Türk gözüyle bakılır. (Ç.N.)

mişlerdi. Yine de belediye başkanı bu durumdan o kadar etkilenmişti ki, sorgu yargıcı gelip onları Riohacha Hapishanesi'ne nakledene kadar, mahpusları alıp kendi evine götürerek özel gözetim altında tutmuştu.

İkizlerin duyduğu korku, sokaktaki insanların ruhsal durumuna da uyuyordu. Arapların misilleme yapabilecekleri olasılığı gözden uzak tutulmuyordu; ama Vicario kardeşlerin dışında hiç kimse zehirlenme olasılığını aklına getirmemişti. Daha çok, geceyi bekleyerek tepe penceresinden içeri benzin döküp mahpusları zindanın içinde diri diri yakacakları varsayılıyordu. Ama bu bile oldukça kolay bir tahmindi. Araplar, yüzyılın başlarında en ücra, en yoksul Karayip köylerine yerleşmiş barışçı göçmenlerden oluşan bir topluluktu, hayatlarını oralarda kalıp panayırlarda renk renk kumaşlarla incik boncuk satarak sürdürmüşlerdi. Birbirlerine bağlıydılar, çalışkandılar, Katolik olmuşlardı. Kendi aralarında evleniyorlardı, buğdaylarını dışarıdan getirtiyor, avlularında koyun besliyor; mercanköşk ve patlıcan yetiştiriyorlardı. En büyük tutkuları kâğıt oyunlarıydı. Yaşlılar ülkelerinden getirdikleri taşra Arapçasını konuşmayı sürdürmüşler, bu dili aile içinde ikinci kuşağa kadar hiç değiştirmeden korumuşlardı, ancak Santiago Nasar'ın dışında üçüncü kuşaktan olanların hepsi ana babalarının Arapça söylediklerini anlar ama onlara İspanyolca karşılık verirdi. Böylelikle hepimizin suçlu olabileceğimiz bir cinayetin öcünü almak için taşralı ruhlarını bir anda değiştirebilecekleri düşünülemezdi. Buna karşılık, servetleri tükenene kadar güçlü, mücadeleci insanlar olan, taşıdıkları ad sayesinde başlarına bir şey gelmeyen bir sürü meyhane kabadayısı yetiştirmiş olan Plácida Linero ailesinden bir misilleme olabileceğini kimse aklına getirmemişti.

Söylentilerden kaygılanan Albay Aponte, Arap aileleri teker teker ziyaret etmiş, hiç değilse bu sefer doğru bir sonuca ulaşmıştı. Onları evlerindeki dua köşelerinde yas simgeleriyle şaşkın, üzgün görmüştü; kimileri yere oturmuş avaz avaz ağlıyor ama hiçbiri içinde intikam duygusu beslemiyordu. Sabahki tepkiler cinayetin hemen ardından sıcağı sıcağına gösterilmişti, bunları gerçekleştirenler de hiçbir zaman yumruklardan öteye geçmeyeceklerini itiraf etmişlerdi. Dahası vardı: Pablo Vicario'nun ishalini kesen, aynı zamanda ikiz kardeşinin rahat rahat işemesini sağlayan mucizevi çarkıfelek ve pelin çayını salık veren de Suseme Abdala adındaki yüz yaşında bir yaşlı kadın olmuştu. Bunu içtikten sonra Pedro Vicario tatlı bir uyuşukluğa gömülmüş, ağabeyi de vicdan azabı çekmeden ilk uykusuna dalabilmişti. Purísima del Vicario, belediye başkanı kendisini alıp onlarla vedalaşmaya götürdüğünde, salı sabahı saat üçte çocuklarını böyle bulmuştu işte.

Kocalarıyla birlikte büyük kızları da dahil olmak üzere bütün aile, Albay Aponte'nin girişimiyle kasabadan çekip gitmişti. Halkın bitkin düşmesi sayesinde kimse farkına varmadan ayrılmışlardı kasabadan. O arada geri dönüşü olmayan o gün uyumadan ayakta kalmış bizlerden başka kimse yoktu, biz de Santiago Nasar'ı gömmeye çalışıyorduk. Vicario ailesi, belediye başkanının kararına uyarak, heyecan yatışana kadar uzaklaşmak niyetiyle çekip gitmiş ama bir daha da geri dönmemişti. Pura Vicario, darbe izlerini kimse görmesin diye kızının yüzünü bir bez parçasıyla örtmüş, gizli sevgilisinin yasını hâlâ tuttuğunu sanmasınlar diye de sırtına parlak kırmızı renkte bir giysi geçirmişti. Ayrılmadan önce Peder Amador'dan oğullarına hapishanede günah çıkartmasını istemişti; ama Pedro Vicario buna yanaşmamış, ağabeyini de pişman olacak hiçbir şeyleri olmadığına ikna etmişti. Orada tek başlarına kalmışlardı, Riohacha'ya nakledilecekleri gün öylesine kendilerine gelmişlerdi, haklı olduklarından da o kadar emindiler ki, aileye yapıldığı gibi kasabadan geceleyin çıkarılmak istememişler, yüzlerini örtmeden güpegündüz çıkmayı yeğlemişlerdi. Babaları Poncio Vicario, bundan kısa bir süre sonra öldü. "Onu vicdan azabı götürdü," demişti bana Angela Vicario. İkizler beraat ettikten sonra, ailenin yaşadığı Manaure'ye bir günlük uzaklıktaki Riohacha'da kalmışlardı. Prudencia Cotes de, babasının atölyesinde altın işçiliğini öğrenip sonunda iyi bir kuyumcu olan Pablo Vicario'yla evlenmek için kalkıp oraya gitmişti. Ne eşi ne de işi olan Pedro Vicario'ysa üç yıl sonra yeniden Silahlı Kuvvetler'e katılmış, başçavuş rütbesine kadar yükselmişti; güzel bir sabah, birlikte olduğu devriye müfrezesi, genelev şarkıları söyleyerek gerilla bölgesine girmiş, onlardan bir daha haber alınamamıştı.

Kasaba halkının çok büyük bir çoğunluğu için ortada tek bir kurban vardı, o da Bayardo San Román'dı. Trajedinin öteki kahramanlarının hayatın kendilerine uygun gördüğü rolleri ağırbaşlılıkla, biraz da soylulukla oynadıkları kanısındaydılar. Santiago Nasar, yaptığı kötülüğün kefaretini ödemiş, Vicario kardeşler erkekliklerini kanıtlamışlardı, aldatılan kız kardeş de namusunu yeniden kazanmıştı. Her şeyini kaybeden tek kişi Bayardo San Román olmuştu. Yıllar yılı herkes onu "Zavallı Bayardo" diye anmıştı. Yine de ertesi cumartesi günü ay tutulması geçene kadar kimse aklına getirmemişti onu; o gün dul Xius, belediye başkanına, eski evinin tepesinde kanat çırpıp duran fosforlu bir kuş gördüğünü, bunun evini geri isteyen eşinin ruhu olduğuna inandığını anlatmıştı. Belediye Başkanı da elini alnına vurmuştu; ama bu hareketinin dul adamın gördüğü şeyle hiç ilgisi yoktu.

"Hay Allah kahretsin!" diye bağırmıştı. "O zavallı adamı tamamen unutmuşum!"

Yanına bir koruma alarak tepeye tırmanmıştı, villanın önünde üstü açık arabayı bulmuş, yatak odasında tek bir ışık görmüştü ama seslenmelerine kimse karşılık vermemişti. Bunun üzerine yandaki kapılardan birini zorlamışlar, ay tutulmasının hafifçe aydınlattığı odaları dolaşmışlardı. "Her şey suyun altındaymış gibi görünüyordu," diye anlattı bana belediye başkanı. "Bayardo San Román yatağında bilinçsiz yatıyordu, Pura Vicario'nun Pazartesi sabahı onu gördüğü gibi aynı süslü pantolonla ipekli gömlek vardı üzerinde ama ayakkabıları yoktu. Yerde boş şişeler duruyordu, yatağın yanında da açılmamış daha pek çok şişe vardı ama yiyecek namına hiçbir şey yoktu." Acil olarak çağrılan Doktor Dionisio Iguarán, "Alkol zehirlenmesinin son aşamasındaydı," demişti bana. Ama birkaç saat içinde kendini toparlamış, aklı başına gelir gelmez de, olabildiğince terbiyeli davranarak, herkesi kapı dışarı etmişti.

"Kimse canımı sıkmasın," demişti. "Taşaklı bir gazi olan babam bile."

Belediye Başkanı, telaş içinde bir telgraf yollayarak, bu son edebi cümleye varana kadar bütün olayı General Petronio San Román'a nakletmişti. General San Román, oğlunun bu isteğine harfi harfine uymuş olsa gerekti, çünkü onu almaya kendi gelmemiş, kızlarıyla birlikte eşini, ayrıca kız kardeşleri gibi görünen yaşlı iki kadını daha oraya göndermişti. Kadınlar, Bayardo San Román'ın başına gelen felaket yüzünden gırtlaklarına kadar kapalı yas giysileri içinde, saçları çektikleri acıdan darmadağınık bir halde, bir yük gemisiyle gelmişlerdi. Karaya adım atmadan önce ayakkabılarını çıkarmışlar, öğle vaktinin yakıcı toz toprağı içinde sokakları çıplak ayakla geçerek tepeye tırmanmışlardı, saçlarını başlarını kökünden yoluyorlar, öyle canhıraş feryatlarla ağlıyorlardı ki, sanki sevinç çığlıkları atar gibiydiler. Ben onların geçtiğini Magdalena Oliver'in balkonundan görmüştüm, bu kadar büyük bir üzüntünün ancak daha büyük utançları örtbas etmek için gösterilebileceğini düşündüğümü hatırlıyorum.

Albay Aponte, tepedeki eve kadar onlara eşlik etmiş, daha sonra Doktor Dionisio Iguarán da acil durumlarda bindiği eşeğiyle onlara katılmıştı. Güneşin kızgınlığı azalınca belediyeden iki adam Bayardo San Román'ı, bir battaniyeyle tepesine kadar örtülü olarak peşinde de ağıt yakan kadınlardan maiyetiyle birlikte, bir sırığa asılı hamağının içinde aşağı indirmişlerdi. Magdalena Oliver onun öldüğünü sanmıştı.

"*Collons de déu!*"[1] diye bağırmıştı. "Adam ziyan oldu gitti!"

Bayardo San Román bir kez daha alkolden serilmiş yatıyordu; ama onu götürürlerken hayatta olduğuna inanmak zordu, çünkü sağ kolu yerde sürünüyordu, annesi kolunu alıp hamağın içine koyar koymaz yeniden aşağı sarkıyordu, öyle ki tepenin üstünden geminin güvertesine kadar yerde bir iz bırakmıştı. Ondan bize geriye kalan son şey buydu işte: Bir kurbanın anısıydı belleklerimizde kalan.

Villayı öylece bırakmışlardı. Kardeşlerimle ben, tatillerde eve döndüğümüzde, eğlence gecelerimizde orayı keşfe çıkardık, terk edilmiş odaların içinde her defasında daha az sayıda değerli eşya bulabiliyorduk. Bir keresinde Angela Vicario'nun düğün gecesi annesinden istemiş olduğu küçük el çantasını bulmuş ama hiç önemsememiştik. İçinde bulduklarımız bir kadının temizliği, güzelliği için gerekli olan doğal tuvalet malzemesi gibi görünüyordu, ben onların gerçekten ne işe yaradığını, ancak yıllar sonra Angela Vicario kocasını aldatmak için kendisi-

1. Katalan dilinde "Tanrının taşakları" anlamına gelen argo bir deyim. (Ç.N.)

ne öğretmiş oldukları kocakarı hilelerinin neler olduğunu bana anlattığında öğrenmiştim. Beş saat boyunca evli bir kadın olarak yuvası olmuş bu yerde arkasında bıraktığı tek izdi bu el çantası.

Yıllar sonra, bu olayla ilgili son tanıkları bulmak için geri döndüğümde, Yolanda de Xius'un mutluluğunun son kalıntıları bile yok olup gitmişti. Albay Lázaro Aponte'nin inatçı gözetimine rağmen eşyalar birer birer kaybolmuştu, Mompoxlu usta şarkıcıların kapılardan sığmadığı için evin içinde monte etmek zorunda kaldıkları altı camlı koskoca vitrin bile yok olmuştu. Önceleri dul Xius, bunun, eskiden kendisinin olan şeyleri alıp götürmek için eşinin ölümünden sonra başvurduğu bir çare olduğunu düşünerek mutlu olmuştu. Albay Lázaro Aponte, onu alaya alıp duruyordu. Ama bir gece bu sırrı aydınlatmak için bir ispiritizma seansı yapmak esmişti aklına, Yolanda de Xius'un ruhu, kendi eliyle yazdığı bir notta, ölüler diyarındaki evini donatmak için mutluluğunun son kalıntılarını gerçekten de kendisinin geri aldığını doğrulamıştı. Villa dökülmeye başlamıştı. Düğün arabası da kapının önünde parça parça dağılıyordu, sonunda kötü hava yüzünden çürümüş bir karkastan başka bir şey kalmamıştı geriye. Uzun yıllar boyunca arabanın sahibiyle ilgili hiçbir haber alınamadı. Soruşturma raporunda onun da ifadesi vardı; ama bunlar o kadar kısa, öylesine beylik laflardı ki, âdet yerini bulsun diye son anda oraya eklenmiş gibiydi. Aradan 23 yıl geçtikten sonra onunla –ilk ve son defa– konuşmaya çalıştığımda, beni oldukça saldırgan bir tavırla karşıladı; bu faciada kendisinin ne kadar payı olduğunu birazcık olsun aydınlatabilecek en küçük bilgiyi vermeye de yanaşmadı. Her ne olursa olsun, kendi anası babası bile bizim bildiğimizden fazlasını bilmiyordu, bu ücra kasabaya görünürde daha önce hiç karşılaşmadığı bir kadınla evlenmekten başka bir amacı olmaksızın ne yapmaya geldiği hakkında en küçük bir fikirleri yoktu.

Buna karşılık Angela Vicario'dan her zaman gelen kısa haberler kafamda onunla ilgili hoş bir hayal yaratmamı sağlamıştı. Rahibe olan kız kardeşim, son putperestleri dine döndürmeye çalışarak bir süre Yukarı Guajira'da dolaşmıştı, Karayipler'in tuzuyla cayır cayır yanan, annesinin onu diri diri gömmeye çalıştığı köye de ara sıra uğrayıp onunla sohbet ediyordu. "Kuzeninden selam var," derdi bana hep. İlk yıllarda onu ziyaret eden kız kardeşim Margot da, rüzgârların her yönden estiği koskoca avlusu olan bir ev satın aldıklarını anlatmıştı, tek sorun geceleri deniz kabardığında ortaya çıkıyordu, çünkü helalar taşıyor, sabahları balıklar yatak odalarında zıplayıp duruyordu. O dönemde onu gören herkes, iş işleme makinesini ustalıkla kullanıp kendini işine verdiği, bu uğraş sayesinde her şeyi unutmayı başardığı konusunda birleşiyordu.

Çok sonraları, Guajira'daki köylerde dolaşıp ansiklopediler ve tıp kitapları satarak kendi kendimi anlamaya çalıştığım belirsiz dönemlerimden birinde, bir rastlantı sonucu ben de yerlilerin ölüm kalım savaşı verdiği o köye gitmiştim. Denize karşı olan evlerden birinin penceresinde, saçlarına sarımtırak aklar düşmüş, tel çerçeveli gözlüklü, yarı yas kılığında bir kadın oturmuş günün en sıcak saatinde makineyle iş işliyordu, başının üstünde de içinde hiç durmadan öten bir kanaryanın bulunduğu bir kafes asılıydı. Onu pencerenin o şiirsel çerçevesi içinde böyle görünce, düşündüğüm kadın olduğuna inanmak istemedim, çünkü hayatın en sonunda kötü bir romana bu kadar benzeyebileceğini kabul etmek gelmiyordu içimden. Ama oydu: Faciadan 23 yıl sonra Angela Vicario'ydu o gördüğüm kadın.

Bana her zamanki gibi, uzak bir kuzen olarak davrandı, sorduğum sorulara da büyük bir mizah duygusu içinde son derece aklı başında yanıtlar verdi. O kadar olgun, öylesine hünerliydi ki, aynı kadın olduğuna insanın inanası gelmiyordu. Beni en şaşırtan şey de, en sonunda hayatına nasıl bir anlam verdiğini görmek olmuştu. Birkaç dakika sonra, ilk bakışta gördüğüm kadar yaşlı görünmüyordu artık, neredeyse anılarımdaki kadar gençti; 20 yaşında sevmeden evlenmeye zorladıkları kızla da hiçbir ortak yanı yoktu. İçine sindiremediği kadar yaşlanmış olan annesi, istenmeyen bir hayalet gibi karşılamıştı beni. Geçmişten konuşmaya yanaşmamıştı, bu öyküde kullanmak için onun annemle yaptığı sohbetlerinden alınma tek tük birkaç cümleyle, kendi anılarımdan toparlayabildiğim birkaç sözüyle yetinmek zorunda kaldım. Angela Vicario'nun canlı bir cenaze olması için elinden geleni fazlasıyla yapmış; ama kızı, talihsizliğini hiç saklamayarak onun bu niyetini boşa çıkarmıştı. Tam tersine: Duymak isteyen herkese başına gelenleri en küçük ayrıntısına kadar anlatıyordu, açıklığa kavuşmayan bir tek şey dışında: O da mağduriyetine neden olan gerçek kişinin kim olduğu, bunu nasıl, ne zaman yaptığıydı, çünkü aslında hiç kimse onun Santiago Nasar olduğuna inanmamıştı. Onlar iki ayrı dünyanın insanıydılar. Onları hiç kimse hiçbir zaman birlikte görmemişti, hele baş başa hiç. Santiago Nasar ona dönüp bakmayacak kadar kendini beğenmiş biriydi. Ondan söz etmesi gerektiğinde hep "Senin şu salak kuzenin," derdi. Üstelik, o zamanlar hep dediğimiz gibi, karı peşinde koşan zamparanın tekiydi. Tıpkı babası gibi tek başına dolaşır, o dağlarda önüne çıkan ne kadar başıboş kız varsa hepsinin tadına bakardı; ama kasabadayken Flora Miguel'le sürdürdüğü klasik ilişkinin, bir de on dört ay boyunca onu çılgına çeviren María Alejandrina Cervantes'le yaşadığı fırtınalı aşkın dışında, başka hiç kimseyle görülmemişti. Olayın belki de en ahlaksızca olduğu için en çok anlatılan biçimi, Angela Vicario'nun gerçekten sevdiği bir kişiyi koruduğu, ağabeylerinin Santiago Nasar'a dokunmaya cesaret edebileceklerini hiç düşünmediği için onun adını seçtiği yolundaydı. Ben de bütün gerekçelerimi hazırlayarak onu ikinci kez ziyaret ettiğimde ağzından bu gerçeği almaya çalışmıştım; ama o, kanıtlarımı çürütmek için işinden gözlerini bile kaldırmadı.

"Bunu artık daha fazla düşünme, sevgili kuzenim," dedi bana. "Oydu."

Sonra düğün gecesi olan felakete varana kadar her şeyi hiç çekinmeden anlattı bana. Kocasını yatakta kendinden geçene kadar nasıl sarhoş edeceğini, adam ışığı söndürsün diye nasıl gerçekte duyduğundan çok daha büyük bir utanç içindeymiş gibi görüneceğini, bakire pozuna geçmek için şapla kendisine nasıl adamakıllı bir lavman yapacağını, ertesi gün de yeni evli olarak girdiği evin avlusunda sergileyebilmek için çarşafını nasıl cıva kromuyla boyayacağını kız arkadaşlarının kendisine öğrettiklerini bir bir anlattı. Suç ortakları yalnızca iki şeyi göz önüne almamışlardı: Bunlardan biri, Bayardo San Román'ın içkiye görülmedik derecede dayanıklı olmasıydı, öbürü de, Angela Vicario'nun, annesinin zorla kabul ettirdiği aptal görünümünün altında gerçekten dürüst bir insan olmasıydı. "Onların söylediklerinin hiçbirini yapmadım," dedi bana, "çünkü ne kadar çok düşünürsem, bütün bunların kimseye yapılamayacak kadar rezil şeyler olduğunun o kadar çok farkına varıyordum, hele benimle evlenmek talihsizliğine uğramış zavallı bir adama hiç yapılamazdı bunlar." Bu yüzden de, kendisine öğretilmiş, hayatını cehenneme çevirmiş olan bütün o korkuları bir yana bırakarak, ışıkları yanan yatak odasında onun kendisini soymasına hiç karşı koymadan göz yummuştu. "Çok kolay oldu," dedi bana, "çünkü ölmeye kararlıydım."

Doğrusunu isterseniz, başka bir talihsizliği, içini yakıp kavuran o gerçek talihsizliği örtbas edecek herhangi bir utanç duygusuna kapılmadan anlatıyordu başına gelen felaketi. Bayardo San Román'ın, onu alıp baba evine geri götürdüğü andan başlayarak sonsuza dek hayatına girdiği, kendisi bana anlatmaya karar verene kadar hiç kimsenin aklının ucundan bile geçmemişti. Umutsuz durumda olan birine daha fazla acı çekmemesi için indirilen son darbe olmuştu bu. "Annem beni döverken birden onu düşünmeye başladım," dedi bana. Yumruklar gittikçe daha az acıtıyordu, çünkü onun uğruna acı çektiğini biliyordu. Yemek odasındaki kanepeye yığılmış hıçkırırken, kendi kendisine şaşarak yine onu düşünmeye devam ediyordu. "Ne yediğim yumruklar için ağlıyordum ne de başıma gelenlere," dedi bana, "onun uğruna ağlıyordum." Annesi yüzüne öküzgözü pansumanı yaparken de onu düşünmeyi sürdürüyordu, sokaktaki bağrışmaları, kilise kulesinde çalınan alarm çanlarını duyduğunda büsbütün onu düşünüyordu; sonra annesi içeri girip artık uyuyabileceğini söylemişti, çünkü en kötüsü atlatılmıştı.

Hiçbir umuda kapılmadan uzun zamandan beri onu düşünüp dururken, bir gün bir göz muayenesi için Riohacha Hastanesi'ne kadar annesiyle gitmek zorunda kalmıştı. Dönerken yolda sahibini tanıdıkları Liman Oteli'ne uğramışlar, Pura Vicario bara girip bir bardak su istemişti. Sırtı kızına dönük olarak suyunu içerken, Angela Vicario kafasındaki düşüncenin salonun sayısız aynalarına yansıdığını fark etmişti. Soluğunu tutarak başını çevirmiş, onun kendisini görmeden yanından geçip gittiğini, otelden çıktığını görmüştü. Sonra yüreği paramparça olarak dönüp yeniden annesine bakmıştı. Pura Vicario suyunu içmeyi bitirmiş, dudaklarını giysisinin koluyla kuruladıktan sonra barda durup gözündeki yepyeni gözlüklerle ona gülümsemişti. Angela Vicario, doğduğundan beri ilk kez olarak, o gülümsemede onu gerçekte olduğu gibi görmüştü: Kendi kusurlarını yüceltmiş zavallı bir kadındı o. "Allah kahretsin," demişti kendi kendine. Kafası öyle karışmıştı ki, geri dönerlerken bütün yol boyunca yüksek sesle şarkı söylemiş, eve gelince de kendini yatağa atıp üç gün boyunca ağlamıştı.

Sanki yeniden dünyaya gelmişti. "Onun için deli oluyordum," dedi bana, "hem de tımarhanelik deli." Onu görmek için gözlerini yumması yetiyor, denizde soluk aldığını duyuyor, yatağın içinde bedeninin sıcaklığıyla gece yarısı uyanıyordu. O haftanın sonunda, bir an bile huzur bulamamış bir halde, ilk mektubunu yazmıştı ona. Geleneksel bir pusulaydı bu, onu otelden çıkarken gördüğünü anlatıyor, o da kendisini görmüş olsaydı hoşuna gideceğini söylüyordu. Mektubuna yanıt almayı boş yere beklemişti. İki ay sonra, artık beklemekten usandığında, önceki gibi sitemli bir mektup daha yollamıştı, mektubun tek amacı sanki onun nezaketsizliğini kınamaktı. Aradan altı ay geçtiğinde hiçbir yanıt alamadığı altı mektup yazmıştı; ama mektupların onun elini geçtiğini bilmekle yetiniyordu.

İlk kez kendi yazgısına hükmeden Angela Vicario, işte o zaman nefretle aşkın karşılıklı tutkular olduğunu keşfetmişti. Ona ne kadar çok mektup gönderirse içindeki ateşin korları o kadar canlanıyordu ama annesine karşı duyduğu hınç da içini daha fazla ısıtıyordu. "Onu yalnızca görmekle bile midem kalkıyordu," dedi bana, "ama annemi gördükçe onu hatırlamadan da edemiyordum." Evine geri gönderilmiş evli kadın yaşantısı, bekârlık yaşantısı kadar basitti; eskiden bez parçalarından lalelerle kâğıttan kuşlar yaptığı gibi, bu kez de hep kız arkadaşlarıyla makinede iş işliyordu; ama annesi gidip yattığında odada kalıp sabaha kadar hiçbir geleceği olmayan mektuplar yazıyordu. Kafasının içi berraklaşmış, başına buyruk olmuş, kendi iradesinin efendisi olup çıkmıştı, yalnızca o adam için yeniden bakireydi artık, kendisininkinden başka otorite tanımıyor, kendi saplantısına boyun eğmekten başka bir şey düşünmüyordu.

Hayatının yarısını ona her hafta bir mektup yazarak geçirmişti. "Bazen ne yazacağımı bilemiyordum," demişti bana gülmekten kırılarak, "ama onların eline geçtiğini bilmek bana yetiyordu." Başlangıçta aşk pusulalarıydı bunlar, sonra kaçamak bir sevgilinin gönderdiği kâğıt parçaları, geçip gidiveren nişanlılık döneminin mis kokulu notları, iş mektupları, aşk belgeleri, en sonunda da onu geri dönmeye zorlamak için acımasız hastalıklar icat eden terk edilmiş bir eşin yazdığı öfkeli mektuplar olup çıkmıştı. Keyifli olduğu bir gece mürekkep hokkası yeni bitirdiği mektubun üzerine devrilmiş, mektubu yırtıp atmak yerine altına bir dipnot eklemişti: "Aşkımın kanıtı olarak sana gözyaşlarımı yolluyorum." Bazı zamanlar ağlamaktan usanç getirerek kendi çılgınlığını alaya alıyordu. Postanede çalışan kızı altı kez değiştirmişler, altısının da işbirliğini sağlamıştı. Aklına gelmeyen tek şey vazgeçmekti. Yine de Bayardo San Román, onun bu çılgınlığına duyarsızdı: Sanki mektup yazdığı hiç kimse yoktu karşısında.

Onuncu yılda, rüzgârların estiği bir sabah, onun yatağında çıplak olduğu duygusuyla uyanmıştı. Bunun üzerine, o uğursuz geceden beri yüreğinde kokuşmuş olarak gizlediği bütün acı gerçekleri hiçbir ar duygusuna kapılmadan anlattığı yirmi sayfalık ateşli bir mektup yazmıştı. Bedeninde sonsuza dek bıraktığı izlerden, dilindeki tuzdan, Afrikalı penisinin yakıcı gücünden söz etti ona. Her cuma öğleden sonra mektuplarını alıp götürmek üzere evine gidip onunla birlikte iş işleyen postanedeki kıza verdi mektubu, içini döktüğü bu son itirafının çektiği acıların da sonu olacağına inanmıştı. Ama hiçbir yanıt gelmedi. O günden sonra artık ne yazdığının bilincinde olmadığı gibi kime yazdığından da pek emin değildi; ama on altı yıl boyunca hiç ara vermeden yazmayı sürdürmüştü.

Bir ağustos günü öğle vakti, kız arkadaşlarıyla birlikte iş işlerken, kapıya birisinin geldiğini hissetmişti. Kim olduğunu anlamak için bakmasına gerek yoktu. "Şişmanlamış, saçları dökülmeye başlamıştı, daha iyi görebilmek için artık gözlüğe ihtiyacı vardı," dedi bana. "Ama oydu işte, ta kendisiydi!" Korkmuştu, çünkü kendisi onu ne kadar yaşlanmış görüyorsa, onun da kendisini o kadar yaşlanmış gördüğünü biliyordu, kendisindeki gibi içinde buna katlanacak kadar sevgi olduğunu da sanmıyordu. Gömleği, tıpkı panayırda ilk kez gördüğü zamanki gibi terden sırılsıklam olmuştu, belinde aynı kemer, omzunda kenarları sökülmüş olan gümüş süslemeli aynı heybeler vardı. Bayardo San Román, şaşkın şaşkın bakan öteki işlemeci kadınlara aldırmadan ona doğru bir adım atmış, elindeki heybeleri dikiş makinesinin üzerine koymuştu.

"Tamam," demişti, "geldim işte."

Orada kalmak üzere getirdiği içi giysi dolu bir valiz vardı yanında, bir de kendisine yazdığı neredeyse iki bin mektubu koyduğu aynı büyüklükte bir başka valiz. Mektuplar tarihlerine göre sıraya dizilmiş, renkli kurdelelerle demetler halinde bağlanmıştı; hiçbiri açılmamıştı.

Yıllar boyu bundan başka bir şey konuşamaz olmuştuk. O zamana kadar tekdüze birtakım alışkanlıklar içinde geçen günlük yaşantımız, aynı ortak kaygının çevresinde dönmeye başlamıştı birdenbire. Günün ilk ışıklarıyla horozlar ötmeye başladığında, bu saçma olayın gerçekleşmesine yol açan bulunan sayısız rastlantılar zincirini sıraya koymaya çalışırken yakalıyordu bizi, bunu da sırları açıklığa kavuşturma kaygısıyla yapmadığımız besbelliydi, içimizden hiçbiri kaderin onun için seçtiği yerin ve görevin neler olduğunu kesin olarak bilmeden hayatını sürdüremezdi.

Birçok kişi bunu asla öğrenemedi. Büyük bir cerrah olan Cristo Bedoya, uyarmak için kendisini şafak sökene kadar bekleyen ana babasının evine gidip yatmak yerine, piskopos gelene kadar neden büyükbabasının evinde iki saat bekleme dürtüsüne boyun eğdiğini hiçbir zaman açıklayamayacaktı. Ancak cinayeti engelleyebilmek için bir şeyler yapabilecekken yapmayanların çoğu, namus sorunlarının ancak faciada rol almış kişilerin erişebildiği kutsal alanlar olduğu bahanesiyle kendilerini avutmuşlardı. "Namus aşktır," dediğini duyardım annemin. Olaya tek katkısı henüz kana bulanmamış o iki bıçağı kan içinde görmek olan Hortensia Baute, gördüğü bu hayalden o kadar etkilenmişti ki, bir pişmanlık nöbetine tutulmuş, günün birinde buna daha fazla dayanamayarak kendini çırılçıplak sokaklara atmıştı. Santiago Nasar'ın nişanlısı Flora Miguel, nispet olsun diye sınır bölgesinde görevli bir teğmenle kaçmış, adam ona Vichada'daki kauçuk işçileri için fuhuş yaptırmıştı. Üç kuşağın doğumuna yardım etmiş olan ebe Aura Villeros, haberi aldığında bir mesane krizi geçirmiş, işeyebilmek için ölene kadar sonda kullanmak zorunda kalmıştı. Clotilde Armenta'nın 86 yaşında bir canlılık mucizesi olan iyi huylu kocası Don Rogelio de la Flor, Santiago Nasar'ı kendi evinin kapalı sokak kapısının önünde nasıl delik deşik ettiklerini görmek için son kez yatağından kalkmış ama bu heyecana dayanamamıştı. Plácida Linero bu kapıyı son anda kapatmış ama suçluluktan kendini tam zamanında kurtarmıştı. "Kapıyı kapattım, çünkü Divina Flor, oğlumun içeri girdiğini gördüğüne yemin etmişti," dedi bana, "Oysa doğru değilmiş." Buna karşılık, ağaçlarla ilgili hayırlı rüya tabirini o uğursuz kuşlarınkiyle karıştırdığı için kendini asla affetmemiş, o dönemde yaygın olan çayırteresi tohumları çiğnemek gibi kötü bir alışkanlık edinmişti.

Cinayetten on iki gün sonra, sorgu yargıcı, karşısında son derece üzgün bir kasaba halkı bulmuştu. Belediye Sarayı'ndaki ahşap döşemeli kasvetli bürosunda oturmuş, aşırı sıcağın neden olduğu seraplara karşı şekerkamışı romuyla kaynatılmış kahve içerken, faciada kendisinin ne kadar önemli bir rol oynadığını gösterme kaygısıyla çağrılmadan ifade vermeye koşan kalabalığı yatıştırmak için takviye güçler istemişti. Sorgu yargıcı, öğrenimini daha yeni bitirmişti, Hukuk Okulu'nun siyah kadife cüppesi vardı hâlâ sırtında, parmağında da mezuniyet amblemini gösteren altın bir yüzük taşıyordu, çiçeği burnunda mutlu bir devlet memurunun kibirli, coşkulu tavırlarını sergiliyordu. Ama adını hiç öğrenememiştim. Onun hakkında bildiğimiz ne varsa hepsini soruşturma raporundan öğrenmiştik, cinayetten yirmi yıl sonra o raporu Riohacha Adalet Sarayı'nda bulmama pek çok kişi yardım etmişti. Arşivlerde herhangi bir sınıflandırma yapılmamıştı; iki gün için General Francis Drake'in kışlası olarak kullanılmış olan sömürgecilik döneminden kalma bu köhne binada, yüz yıldan eski dosyalar yerlere yığılmış duruyordu. Deniz kabardığında alt katı sular basıyor, dikişleri açılmış ciltler bomboş bürolarda suyun üstünde yüzüyordu. Pek çok kez ben kendim ayak bileklerime kadar sulara girerek kapatılmış dosyaların bulunduğu rafları araştırmıştım; beş yıllık bir araştırmanın sonunda 500 sayfa olması gereken rapordan kopup ayrılmış yaklaşık 322 sayfayı ancak bir rastlantı sonucu ele geçirebildim.

Bunların hiçbirinde yargıcın adına rastlanmıyordu; ama edebiyat ateşiyle yanan bir kişi olduğu besbelliydi. İspanyol ve bazı Latin klasiklerini okuduğuna kuşku yoktu, zamanının yargıçları arasında en sevilen yazar olan Nietzsche'yi çok iyi tanıyordu. Sayfa kenarlarına düşülmüş notlar sanki kanla yazılmıştı, bu izlenimi veren de yalnızca mürekkebin rengi değildi. Kısmetine düşmüş olan bu gizemli olaydan aklı öylesine karışmıştı ki, birçok kez konudan ayrılarak mesleğinin sertliklerine hiç uymayan lirik tanımlamalara girişmişti. Özellikle de işleneceği böylesine açıkça duyurulmuş bir cinayetin hiçbir aksilikle karşılaşmadan gerçekleşmesi yolunda hayatın edebiyatta bile görülmeyen onca rastlantıdan yararlanmış olması ona büyük bir haksızlık gibi görünmüştü.

Yine de aşırı çalışmasının sonunda onu en çok telaşlandıran şey, aslında Santiago Nasar'ın bu namus cinayetine yol açan kişi olduğunu gösterecek tek bir belirtiye, en inanılmaz bir ipucuna bile rastlamamış olmasıydı. Bu aldatmaca oyununda Angela Vicario'nun suç ortakları olan kız arkadaşları, onun düğünün çok öncesinden beri kendilerini sırrına ortak ettiğini; ama onlara o kişinin adını açıklamadığını uzun süre anlatıp durmuşlardı. Rapordaki ifadeleri şöyleydi: "Bize mucizeden söz etti ama azizin adını vermedi." Angela Vicario'ya gelince; konumunu hiç değiştirmemişti o. Sorgu yargıcı, ona dolaylı bir biçimde, öldürülen Santiago Nasar'ın kim olduğunu bilip bilmediğini sorduğunda, kız hiç istifini bozmadan şu yanıtı vermişti:

"Beni bu hale getiren adamdır."

Bu ifade raporda yer alıyordu; ama olayın nasıl, nerede gerçekleştiği hakkında başka hiçbir bilgi verilmiyordu. Yalnızca üç gün süren duruşma sırasında savcılık temsilcisi, suçlamanın zayıflığı üzerinde önemle durmuştu. Sorgu yargıcı, Santiago Nasar'ın aleyhine kanıt bulunmaması karşısında öyle şaşkına dönmüştü ki, özenle hazırladığı rapor hayal kırıklığı nedeniyle yer yer aksıyordu. 416'ncı sayfanın kenarına eczacıdan aldığı kırmızı mürekkeple, kendi elyazısıyla şu notu düşmüştü: *Bana bir önyargı verin, dünyayı yerinden oynatayım.* Bu karamsar yorumun altına da, kan rengindeki aynı mürekkeple yapılmış keyifli birkaç kalem darbesiyle, içinden ok geçen bir kalp resmi çizmişti. Santiago Nasar'ın en yakın arkadaşları için olduğu gibi, sorgu yargıcı için de, son saatlerindeki davranış biçimi onun suçsuzluğunun kesin kanıtıydı.

Gerçekten de Santiago Nasar, öleceği sabah, kendisine yüklenen namussuzluğun neye mal olacağını çok iyi biliyor olmasına rağmen, bir an bile kuşkuya kapılmamıştı. İçinde yaşadığı dünyanın erdem taslama merakını biliyordu, ikizlerin ilkel doğalarının bu şekilde aşağılanmaya direnemeyeceklerini de biliyor olması gerekiyordu. Bayardo San Román'ı hiç kimse iyi tanımıyordu; ama Santiago Nasar, o kibirli görünüşünün altında onun da herkes gibi önyargılarına bağımlı olduğunu bilecek kadar iyi tanıyordu onu. Bu yüzden de Santiago Nasar'ın bu bilinçli vurdumduymazlığı onun intiharı demek olmuştu. Üstelik Vicario kardeşlerin kendisini öldürmek için beklediklerini son anda öğrendiğinde gösterdiği tepki, anlatıldığı gibi, panik olmamış, daha çok masum bir insanın şaşkınlığı olmuştu.

Benim kişisel izlenimim, neden öldüğünü anlamadan öldüğü yolundaydı. Kız kardeşim Margot'a kahvaltı etmeye bizim eve gideceğine söz verdikten sonra, Cristo Bedoya rıhtımda onun koluna girmişti, ikisi de her şeyden o kadar habersizdiler ki, insanların boş yere birtakım hayallere kapılmalarına neden olmuşlardı. "O kadar neşeli görünüyorlardı ki," demişti bana Meme Loaiza, "Tanrı'ya şükrettim, çünkü olayın kapandığını sanmıştım." Elbette Santiago Nasar'ı herkes onun kadar çok sevmiyordu. Elektrik santralının sahibi olan Polo Carrillo, soğukkanlılığının suçsuzluk değil, edepsizlik olduğunu düşünüyordu. "Parasının kendisine dokunulmazlık kazandırdığını sanıyordu," demişti bana. Karısı Fausta López de şu yorumda bulunmuştu: "Buradaki bütün Türkler gibi." Indalecio Parto, Clotilde Armenta'nın dükkânına uğramış, ikizler ona piskopos gider gitmez Santiago Nasar'ı öldüreceklerini söylemişlerdi. Onca başkaları gibi o da bunların uyku uyumamış insanların saçmalıkları olduğunu düşünmüştü; ama Clotilde Armenta bunun doğru olduğunu ona anlatmış, Santiago Nasar'a yetişip onu uyarmasını istemişti.

"Hiç zahmet etme," demişti Pedro Vicario da, "ne olursa olsun, sen artık onu öldü bil."

Fazlasıyla açık bir meydan okumaydı bu. İkizler, Indalecio Parto'yla Santiago Nasar arasındaki bağları biliyorlardı, kendileri mahcup duruma düşmeden bu cinayeti engelleyebilecek en uygun kişinin o olduğunu düşünmüş olsalar gerekti. Ama Indalecio Parto, Santiago Nasar'ı Cristo Bedoya'yla kol kola limandan çıkmakta olan grupların arasında görmüş, onu uyarmaya cesaret edememişti. "Zayıf tarafıma geldi," demişti bana. İkisinin de omzuna birer şaplak indirmiş, geçip gitmelerine göz yummuştu. Onlarsa düğünün hesabına öyle dalmışlardı ki, bunun farkına bile varmamışlardı.

İnsanlar onlarla aynı yönde yürüyerek meydana doğru ilerliyorlardı. Ortalık mahşer yeri gibi kalabalıktı; ama Escolástica Cisneros, iki arkadaşın kalabalığın tam ortasındaki boş bir halkanın içinde hiç zorluk çekmeden yürüdüklerini görür gibi olmuştu, çünkü insanlar Santiago Nasar'ın öleceğini biliyorlar, ona dokunmaya cesaret edemiyorlardı. Cristo Bedoya da kendilerine karşı farklı davranıldığını hatırlıyordu. "Sanki suratımızı boyamışız gibi bakıyorlardı bize," demişti bana. Dahası vardı: Sara Noriega ayakkabıcı dükkânını tam onlar oradan geçerlerken açmış, Santiago Nasar'ın yüzünün solgunluğundan ürkmüştü. O da onu yatıştırmıştı.

"Düşünsenize bir kere, küçük Sara," demişti ona, duraklamadan, "kırba gibi içki içtik durduk!"

Celeste Dangond, sırtında pijamasıyla evinin kapısında oturmuş, piskoposu karşılamak için boşuna giyinmiş olanlarla alay ediyordu, o sırada oradan geçen Santiago Nasar'ı kahve içmeye davet etmişti. "Bir şeyler düşünene kadar vakit kazanmak için öyle yapmıştım," dedi bana. Ama Santiago Nasar, kız kardeşimle birlikte kahvaltı etmek üzere gidip üstünü değişmek için acelesi olduğunu söylemişti. "Ben de üstelemedim," diye anlattı Celeste Dangond, "çünkü ne yapacağından o kadar emin olduğuna göre onu öldüremezler gibi gelmişti bana." Niyet ettiği şeyi yapabilen tek kişi Yamil Shaium olmuştu. Söylentiyi duyar duymaz bakkal dükkânının kapısına çıkmış, uyarmak için Santiago Nasar'ı beklemeye koyulmuştu. İbrahim Nasar'la birlikte gelen son Araplardan biriydi o, ölümüne kadar onun oyun arkadaşı olmuştu, ailenin geleneksel danışmanı olmayı da sürdürüyordu. Santiago Nasar'la konuşmakta kimse onun kadar yetkili olamazdı. Yine de söylentinin aslı astarı yoksa onu boş yere telaşlandıracağını düşünmüş, belki daha fazla bilgi sahibidir diye önce Cristo Bedoya'ya danışmayı yeğlemişti. Geçerken onu yanına çağırmıştı. Cristo Bedoya, artık meydanın köşesine vardıklarında Santiago Nasar'ın sırtına bir şaplak indirmiş, kendisini çağıran Yamil Shaium' un yanına gitmişti.

"Cumartesiye görüşürüz," demişti arkadaşına.

Santiago Nasar ona yanıt vermemiş, Yamil Shaium'a dönerek Arapça bir şeyler söylemişti, o da gülmekten kırılarak yine Arapça karşılık vermişti ona. "Her zaman çok eğlendiğimiz bir kelime oyunuydu bu," demişti bana Yamil Shaium. Santiago Nasar hiç duraklamadan eliyle ikisine de veda işareti yapmış, sonra meydanın köşesini dönmüştü. Bu onu son görüşleri olacaktı.

Cristo Bedoya, Yamil Shaium'un verdiği haberi duyar duymaz Santiago Nasar'ın arkasından yetişmek için koşa koşa dükkândan çıkmıştı. Onun köşeyi döndüğünü görmüş; ama meydana dağılmaya başlayan grupların arasında rastlayamamıştı arkadaşına. Onu sorduğu birçok kişi, aynı yanıtı vermişti.

"Ben de onu az önce seninle gördüm."

Bu kadar kısa sürede evine varmış olması imkânsız görünmüştü ona, yine de sormak için içeri girmişti, ön kapıyı sürgüsüz, yarı aralık bulmuştu. Yerdeki kâğıdı görmeden içeri girmiş, gürültü etmemeye çalışarak alacakaranlıkta salonu geçmişti, çünkü ziyaret için saat henüz çok erkendi; ama evin arka bölümündeki köpekler tedirgin olmuşlar, onu karşılamaya çıkmışlardı. O da sahiplerinden öğrendiği gibi elindeki anahtarlarla yatıştırmıştı köpekleri, sonra da peşinde onlarla birlikte mutfağa doğru yoluna devam etmişti. Koridorda, elinde bir kova su ve tahta beziyle salonun yerlerini silmeye giden Divina Flor'a rastlamıştı. Kız, Santiago Nasar'ın eve dönmediğini söylemişti. Mutfağa girdiğinde Victoria Guzmán, tavşan yahnisini ocağa daha yeni oturtmuştu. Kadın durumu hemen anlamıştı. "Kalbi yerinden fırlayacakmış gibi atıyordu," demişti bana. Cristo Bedoya, Santiago Nasar'ın evde olup olmadığını sormuş, o da yapmacık bir içtenlikle henüz yatmaya gelmediğini söylemişti.

"Durum ciddi," demişti Cristo Bedoya, "öldürmek için onu arıyorlar."

Victoria Guzmán, masum tavrını bir yana bırakmış, "O zavallı çocuklar kimseyi öldürmezler," demişti.

"Ama cumartesiden beri içiyorlar," demişti Cristo Bedoya da.

"Daha iyi ya," diye karşılık vermişti kadın, "kendi bokunu yiyecek sarhoş yoktur."

Cristo Bedoya, Divina Flor'un pencereleri henüz açtığı salona geri dönmüştü. "Tabii yağmur yağmıyordu," dedi bana. "Saat yedi olmak üzereydi, pencerelerden içeri altın sarısı bir ışık girmişti bile." Divina Flor'a, Santiago Nasar'ın eve salondaki kapıdan girdiğinden emin olup olmadığını sormuştu. Bu kez ilk seferki kadar emin değildi kız. Cristo Bedoya, Plácida Linero'yu sormuş, o da kahvesini daha bir dakika önce gece masasının üzerine bıraktığını ama onu uyandırmadığını söylemişti. Her zaman öyle yapardı: Saat yedide uyanır, kahvesini içer, sonra öğle yemeği için talimat vermeye aşağı inerdi. Cristo Bedoya saatine bakmıştı: Saat 06.56'ydı. Bunun üzerine Santiago Nasar'ın dönmediğinden emin olmak için ikinci kata çıkmıştı.

Yatak odasının kapısı içerden kilitliydi, çünkü Santiago Nasar annesinin yatak odasından geçerek dışarı çıkmıştı. Cristo Bedoya yalnızca bu evi kendi evi kadar iyi tanımakla kalmıyordu, aynı zamanda aileyle öyle samimi ilişkiler içindeydi ki, yandaki odaya geçebilmek için Plácida Linero'nun yatak odasının kapısını itmişti. Tozlu bir güneş huzmesi tepe penceresinden içeri giriyordu, hamağında yan yatmış, bir genç kızınkine benzeyen elini yanağına dayamış uyuyan o güzel kadının gerçekdışı bir görünümü vardı. "Sanki bir hayalet gibiydi," demişti bana Cristo Bedoya. Güzelliğiyle büyülenerek onu bir an seyretmişti, sonra yatak odasının içinden sessizce yürüyerek banyonun önünden geçmiş, Santiago Nasar'ın yatak odasına girmişti. Yatağa el sürülmemişti, binici şapkası koltuğun üzerindeydi, yerde mahmuzların yanında çizmeleri duruyordu. Santiago Nasar'ın gece masasının üzerindeki kol saati 06.58'i gösteriyordu. "Birden silahını alıp yeniden dışarı çıktığını sandım," dedi bana Cristo Bedoya. Ama Magnum'u komodinin çekmecesinde bulmuştu. "Silahla hiç ateş etmemiştim," dedi Cristo Bedoya, "ama Santiago Nasar'a götürmek üzere tabancayı yanıma almaya karar verdim." Silahı gömleğinin içine beline takmış, silahın boş olduğunun ancak cinayetten sonra farkına varabilmişti. Tam çekmeceyi kapatırken elinde kahve fincanıyla kapıda Plácida Linero görünmüştü.

"Ulu Tanrım!" diye bağırmıştı heyecanla. "Beni çok korkuttun!"

Cristo Bedoya da korkmuştu. Üzerinde altın renkli tarlakuşları olan sabahlığıyla, saçları darmadağınık bir haldc gün ışığının altında görüyordu onu, o büyülü hava yok olmuştu. Biraz da şaşırarak Santiago Nasar'ı aramaya girdiğini söylemişti.

"Piskoposu karşılamaya gitti," demişti Plácida Linero.

"Piskopos buraya uğramadan geçip gitti," demişti o da.

"Bunu tahmin ediyordum," demişti kadın. "Orospu çocuğunun tekidir o."

Kadın, Cristo Bedoya'nın ne yapacağını bilemediğini fark edince sözlerine devam etmemişti. "Dilerim Tanrı beni bağışlar," dedi bana Plácida Linero, "ama onu o kadar şaşkın görmüştüm ki, birden hırsızlık etmeye girdiği geldi aklıma." Nesi olduğunu sormuştu ona. Cristo Bedoya kuşkulu bir durumda olduğunun bilincindeydi; ama doğruyu söylemeye cesaret edememiş, "Bütün gece bir dakika bile gözümü kırpmadım da," demişti.

Sonra daha fazla bir açıklamada bulunmadan çekip gitmişti. "Zaten," dedi bana, "o her zaman bir şeylerinin çalındığını sanırdı." Kasaba meydanına çıktığında, elinde yapılamayan ayinin süslemeleriyle kiliseye geri dönmekte olan Peder Amador'a rastlamıştı; ama Santiago Nasar'ın ruhunu kurtarmaktan başka bir şey yapabileceğini sanmıyordu. Cristo Bedoya tam yeniden limana gidecekken kendisine Clotilde Armenta'nın dükkânından seslenildiğini duymuştu. Pedro Vicario, elinde testere çeliğinden kendi yaptığı aynı kaba saba bıçakla, beti benzi atmış, saçları darmadağınık bir halde kapıda duruyordu, gömleğinin düğmeleri açıktı, kollarını dirseklerine kadar sıvamıştı. Davranış biçimi dikkati çekecek kadar küstahtı, yine de cinayeti işlemesini engellemeleri için o son dakikalarda yaptığı tek kışkırtıcı hareket bu olmamıştı.

"Cristóbal!"[1] diye bağırmıştı ona, "Santiago Nasar'a söyle, öldürmek için onu burada bekliyoruz."

Cristo Bedoya bir iyilik yapıp onu engelleyebilirdi. "Tabancayla ateş etmesini biliyor olsaydım, Santiago Nasar şimdi hayatta olurdu," dedi bana. Ama yivli silah kurşununun tahrip gücü konusunda bütün o anlatılanları

1. Cristo Bedoya'nın kısaltılmışı.

duyduktan sonra, bunun bir tek düşüncesi bile onu heyecanlandırmaya yetmişti.

"Bak seni uyarayım, bir motoru bile delip geçebilecek güçte bir Magnum tabanca var elinde," diye bağırmıştı.

Pedro Vicario bunun doğru olmadığını biliyordu. "Üzerinde binici giysisi yoksa asla silah taşımazdı," dedi bana. Ama her ne olursa olsun, kız kardeşinin namusunu temizlemeye karar verdiğinde onun silahlı olabileceğini öngörmüştü.

"Ölüler ateş edemez!" diye bağırmıştı.

Tam o sırada Pablo Vicario görünmüştü kapıda. O da kardeşi kadar solgundu, düğünde giydiği ceket vardı üzerinde, elinde de gazete kâğıdına sarılı bıçağı. "Öyle olmasaydı," dedi bana Cristo Bedoya, "ikisinden hangisinin hangisi olduğunu dünyada bilemezdim." O sırada Pablo Vicario'nun arkasında Clotilde Armenta görünmüştü, Cristo Bedoya'ya acele etmesi için bağırmıştı, çünkü ibnelerle dolu bu kasabada ancak onun gibi bir erkek bu faciayı önleyebilirdi.

O andan sonra olan her şey halkın gözleri önünde cereyan etti. Limandan dönmekte olan insanlar, bağrışmalardan telaşlanarak, cinayete tanık olabilmek amacıyla meydandaki yerlerini almaya başlamışlardı. Cristo Bedoya, tanıdığı birçok kimseye Santiago Nasar'ı sormuştu ama onu gören yoktu. Şehir Kulübü'nün kapısında Albay Lázaro Aponte'ye rastlamış, Clotilde Armenta'nın dükkânının önünde olup bitenleri ona anlatmıştı.

"Olamaz," demişti Albay Aponte, "çünkü ben onlara gidip yatmalarını emretmiştim."

"Ellerinde kasap bıçaklarıyla daha şimdi gördüm onları," demişti Cristo Bedoya da.

"Olamaz, çünkü onları yatmaya göndermeden önce bıçakları ellerinden almıştım," demişti belediye başkanı. "Sen onları daha önce görmüş olmalısın."

"Daha iki dakika önce gördüm, ikisinin de elinde birer kasap bıçağı vardı," demişti Cristo Bedoya.

"Hay Allah kahretsin," demişti belediye başkanı, "öyleyse gidip başka bıçaklar almışlar."

Bu konuyla hemen ilgileneceğine söz vermiş; ama o gece domino oynamak için randevu yazdırmaya Şehir Kulübü'ne girmişti, dışarı çıktığındaysa cinayet işlenmişti bile. O sırada Cristo Bedoya tek ölümcül hatasını yapmıştı: Santiago Nasar'ın üstünü değişmeden önce bizim evde kahvaltı etmeye gitmeye son dakikada karar verdiğini sanmış, onu aramaya oraya gitmişti. Irmak kıyısından aceleyle yürürken, önüne çıkan herkese onun oradan geçtiğini görüp görmediklerini soruyordu ama kimse görmemişti. Telaşa kapılmamıştı, çünkü bizim eve giden başka yollar da vardı. Dağlık bölgeden gelen bir taşralı olan Próspera Arango, piskoposun üstünkörü kutsamasından bir yarar görmeyip evinin önündeki kaldırımda can çekişmekte olan babası için bir şeyler yapsın diye yalvarmıştı ona. "Ben onu oradan geçerken görmüştüm," demişti bana kız kardeşim Margot, "suratı zaten ölü gibiydi." Cristo Bedoya hastanın durumunu saptayana kadar aradan dört dakika geçmiş, acil bir tedavi uygulamak üzere daha sonra döneceğine söz vermişti; ama onu yatak odasına taşımak için Próspera Arango'ya yardım ederken üç dakika daha kaybetmişti. Yeniden dışarı çıktığında uzaklardan bağrışmalar duymuş, meydan tarafından havai fişekler atıldığını sanmıştı. Koşmaya çalışmıştı ama beline iyi takamadığı tabanca koşmasını engelliyordu. Son köşeyi döndüğünde, en küçük kızını neredeyse sürükleye sürükleye götüren annemi arkasından tanımıştı.

"Luisa Santiaga!" diye bağırmıştı. "Vaftiz oğlun nerede?"

Annem, yüzü gözyaşları içinde, zorlukla dönüp bakmıştı.

"Ah, yavrum," diye karşılık vermişti, "dediklerine göre onu öldürmüşler."

Öyle de olmuştu. Cristo Bedoya onu arayıp dururken, Santiago Nasar, nişanlısı Flora Miguel'in evine girmişti, onu son gördüğü köşeyi döner dönmez hemen oracıktaydı nişanlısının evi. "Orada olabileceği aklımın ucundan bile geçmemişti," dedi bana, "çünkü o insanlar hiçbir zaman öğleden önce yataklarından kalkmazlar." Bütün ailenin, cemaatin en bilge adamı olan Nahir Miguel'in emriyle, saat on ikiye kadar uyuduğunu herkes anlatırdı. "Zaten bunun için elini sıcak sudan soğuk suya sokmayan Flora Miguel bir gül gibi taptazeydi," der her zaman Mercedes. Aslında pek çokları gibi onlar da evi çok geç saate kadar kapalı tutarlardı ama erkenci, çalışkan insanlardı. Santiago Nasar'la Flora Miguel'in babaları onları evlendirmek için anlaşmışlardı. Santiago Nasar bu nişanlılığı daha yeniyetmeyken kabul etmişti, belki de evliliği babası gibi yararlı bir kurum olarak gördüğünden, bu nişanlılığı sonuna kadar götürmeye de kararlıydı. Flora Miguel'e gelince; o taze bir çiçek gibi olmanın tadını bir dereceye kadar çıkarıyordu; ama zarafetten ve sağduyudan yoksun bir kızdı, kendi kuşağından tüm kızların düğününde nedimelik yapmıştı, bu yüzden de bu anlaşma onun için Tanrı'dan gelen bir çözüm olmuştu. Kolay bir nişanlılık dönemi geçiriyorlardı, ne resmî ziyaretler vardı ne de kalp çarpıntıları. Birçok kez ertelenen düğünün en sonunda gelecek Noel yapılması kararlaştırılmıştı.

Flora Miguel, o Pazartesi günü piskoposu getiren vapurun ilk düdük sesleriyle uyanmış, çok kısa bir süre sonra da ikiz Vicario kardeşlerin öldürmek için Santiago Nasar'ı beklemekte olduklarını öğrenmişti. Felaketten sonra onunla konuşan tek kişi olan rahibe kız kardeşime, bunu kendisine kimin söylediğini bile hatırlamadığını anlatmıştı. "Yalnızca sabahın altısında bunu herkesin bildiğini biliyorum," demişti. Ancak Santiago Nasar'ı öldürecek olmaları inanılır gibi gelmemişti ona, buna karşılık namusunu temizlemek için onu Angela Vicario'yla zorla evlendirecekleri gelmişti aklına. Kendini son derece küçük düşmüş hissediyordu. Halkın yarısı piskoposu bekleyip dururken o, yatak odasında öfkesinden ağlıyor, Santiago Nasar'ın okuldayken gönderdiği mektupları kutusunun içinde düzene sokuyordu.

Santiago Nasar, Flora Miguel'in evinin önünden her geçişinde, içeride kimse olmasa bile, elindeki anahtarları pencerelerdeki tele sürterdi. O Pazartesi kız, kucağında o mektup kutusuyla bekliyordu onu. Santiago Nasar sokaktan bakınca göremezdi onu; ama kız, daha anahtarları sürtmeden önce, telin ardından onun yaklaştığını görmüştü.

"İçeri gel," demişti ona.

O güne kadar hiç kimse, hatta bir doktor bile, o eve sabahın saat 06.45'inde girmemişti. Santiago Nasar, Cristo Bedoya'yı daha yeni bırakmıştı Yamil Shaium'un dükkânında, meydanda onun gelmesini bekleyen o kadar çok kişi vardı ki, nişanlısının evine girdiğini hiçbirinin görmemesi anlaşılır şey değildi. Sorgu yargıcı, onu görmüş olan hiç değilse bir kişiyi aramış, bunu da benim kadar inatla yapmıştı ama o kişiyi bulmak mümkün değildi. Raporun 382'nci sayfasının kenarına kırmızı mürekkeple bir yargı daha yazmıştı: *Kader bizleri görünmez kılar.* Aslında Santiago Nasar, herkesin gözleri önünde ön kapıdan girmişti içeri, görünmemek için de hiçbir şey yapmamıştı. Flora Miguel, öfkeden beti benzi atmış bir halde, üzerinde unutulmaz durumlarda her zaman giydiği volanlı rüküş giysilerinden biriyle salonda bekliyordu onu, mektup kutusunu eline tutuşturmuş, "Al şunları," demişti. "İnşallah öldürürler seni!"

Santiago Nasar o kadar şaşırmıştı ki, kutu elinden düşüvermiş, aşktan söz etmeyen bütün o mektupları yerlere saçılmıştı. Flora Miguel'i yatak odasına girmeden yakalamak istemiş ama kız kapıyı çarparak sürgüyü sürmüştü. Birkaç kez kapıyı vurmuş, o saat için fazlasıyla telaşla seslenmişti ona, böylelikle bütün aile korku içinde koşup gelmişti. Bütün hısım akraba, büyüğü küçüğü, on dört kişiden fazlaydılar. Dışarı en son uğrayan babaları Nahir Miguel olmuştu, kızıl sakallıydı, ülkesinden getirdiği ve evin içinde her zaman giydiği kukuletalı bedevi cüppesi vardı üzerinde. Ben onu pek çok kez görmüştüm, iriyarı, ağırbaşlı bir adamdı; ama beni her zaman en çok etkileyen müthiş otoritesi olmuştu.

"Flora," diye seslenmişti kendi diliyle, "aç şu kapıyı." Bütün aile öylece Santiago Nasar'a bakakalmışken, kızının yatak odasına girmişti o. Santiago Nasar salonda diz çökmüş, yerden mektupları toplayıp kutunun içine yerleştiriyordu. "Sanki günahlarının kefaretini ödüyordu," diye anlatmışlardı bana. Nahir Miguel birkaç dakika sonra yatak odasından çıkmış, elinin bir hareketiyle bütün aile ortadan kaybolmuştu.

Santiago Nasar'la Arapça konuşmayı sürdürmüştü. "Daha ilk andan ona söylediklerim hakkında en küçük bir fikri olmadığını anlamıştım," dedi bana. Bunun üzerine Vicario kardeşlerin öldürmek için kendisini aradığından haberi olup olmadığını kesin bir ifadeyle sormuştu. "Beti benzi attı, soğukkanlılığını öylesine kaybetmişti ki, rol yaptığına inanmak imkânsızdı," dedi bana. Bu davranışının korkudan çok, şaşkınlık olduğu konusunda benimle aynı fikirdeydi.

"Onların haklı olup olmadıklarını sen kendin bilirsin," demişti ona. "Ama her ne olursa olsun, artık önünde iki yol var: Ya senin de evin olan burada saklanırsın ya da tüfeğimi alıp dışarı çıkarsın."

"Hiçbir halt anlamıyorum," demişti Santiago Nasar da.

Söyleyebildiği tek şey bu olmuş, onu da İspanyolca olarak söylemişti. "Sırılsıklam olmuş yavru bir kuşu andırıyordu," demişti bana Nahir Miguel. Kutuyu elinden almak zorunda kalmıştı, çünkü kapıyı açmak için onu nereye koyacağını bilemiyordu.

"Bire karşı iki kişi olacaklar," demişti ona.

Santiago Nasar dışarı çıkmıştı. İnsanlar geçit törenlerinde olduğu gibi meydanda yerlerini almışlardı. Herkes görmüştü onun dışarı çıktığını, kendisini öldüreceklerini artık bildiğini herkes anlamıştı; o kadar telaşlıydı ki, evinin yolunu bulamıyordu. Dediklerine göre balkonlardan birinden birisi bağırmıştı, "Hey Türk, o taraftan değil, eski liman yolundan!" diye. Santiago Nasar sesin ne taraftan geldiğine bakınmıştı. Yamil Shaium dükkânına girmesi için bağırmıştı ona, sonra da av tüfeğini almak için içeri koşmuş ama mermileri nereye koyduğunu hatırlayamamıştı. Her yandan bağırmaya başlamışlardı ona, Santiago Nasar, aynı anda her kafadan çıkan onca sesten şaşırarak, bir o yana bir bu yana dönüp duruyordu. Mutfak kapısından evine girmek üzere o tarafa yöneldiği belliydi; ama birden öndeki sokak kapısının açık olduğunun farkına varmış olsa gerekti.

"İşte geliyor," demişti Pedro Vicario.

İki kardeş onu aynı anda görmüşlerdi. Pablo Vicario ceketini çıkarmış, taburenin üstüne koymuştu, kıvrık bir hançeri andıran bıçağın sarılı olduğu kâğıdı açmıştı. Dükkândan dışarı çıkmadan önce, birbirleriyle anlaşmadan, ikisi de istavroz çıkarmıştı. Bunun üzerine Clotilde Armenta, Pedro Vicario'yu gömleğinden yakalamış, Santiago Nasar'a bağırarak koşmasını, yoksa onu öldüreceklerini söylemişti. Bu o kadar canhıraş bir feryattı ki, bütün öteki bağrışmaları bastırmıştı. "Önce korktu," dedi bana Clotilde Armenta, "çünkü kendisine kimin bağırdığını da bilmiyordu, sesin nereden geldiğini de." Ama kadını gördüğünde, bir itişte onu yere deviren Pedro Vicario'yu da görmüştü, sonra da ikiz kardeşini. Santiago Nasar evinin 50 metre ötesindeydi, sokak kapısına doğru koştu.

Ondan beş dakika önce, Victoria Guzmán, artık herkesin bildiği şeyi mutfakta Plácida Linero'ya anlatıyordu. Plácida Linero, sinirleri kuvvetli bir kadındı, bu yüzden de hiçbir telaş belirtisi göstermemişti. Victoria Guzmán'a, oğluna bir şey söyleyip söylemediğini sormuştu, o da bile bile yalan söylemiş, oğlu kahvesini içmeye aşağı indiğinde kendisinin henüz hiçbir şey bilmediği yanıtını vermişti. Salonda hâlâ yerleri silmekte olan Divina Flor, aynı anda Santiago Nasar'ın meydan tarafındaki kapıdan içeri girip yatak odalarına giden gemi merdiveninden yukarı çıktığını görmüştü. "Net bir görüntüydü bu," diye anlattı bana Divina Flor. "Üzerinde beyaz giysisi vardı, elinde de ne olduğunu iyi göremediğim bir şey taşıyordu ama bana bir demet gül gibi gelmişti." Bu yüzden de Plácida Linero ona oğlunu sorduğunda, Divina Flor onu yatıştırmış, "Bir dakika önce odasına çıktı," demişti.

Tam o sırada Plácida Linero, yerdeki kâğıdı görmüş; ama eğilip onu almak aklına gelmemişti, içinde ne yazdığını ancak daha sonra facianın karmaşası içinde birisi onu kendisine gösterdiğinde öğrenecekti. Kapının aralığından bıçaklarını çekmiş olarak eve doğru koşa koşa gelmekte olan Vicario kardeşleri görmüştü. Bulunduğu yerden onları görebiliyordu; ama başka bir açıdan kapıya doğru koşmakta olan oğlunu göremiyordu. "Onu evin içinde öldürmek için içeri girmek istediklerini sanmıştım," dedi bana. Bunun üzerine hemen koşmuş, bir itişte kapıyı kapatmıştı. Tam kol demirini takacakken Santiago

Nasar'ın haykırmalarını duymuştu, onun dehşet içinde kapıya inen yumruklarının sesini de; ama oğlunun yukarıda olduğunu, yatak odasının balkonundan Vicario kardeşlere hakaretler yağdırdığını sanıyordu. Onun yardımına koşmak için yukarı çıktı.

Santiago Nasar'ın içeri girmek için ancak birkaç saniyeye ihtiyacı varken kapı kapanıvermişti. Yumruklarıyla kapıya birkaç kez vurabilmiş, hemen arkasından düşmanlarına karşı kendini bilek gücüyle savunabilmek için geriye dönmüştü. "Onu önden görünce korktum," dedi bana Pablo Vicario, "çünkü gerçekte olduğundan iki kat daha iriyarıymış gibi görünüyordu." Santiago Nasar, elindeki düz bıçakla sağ tarafından saldırıya geçen Pedro Vicario'nun ilk darbesini durdurmak için elini kaldırmış, "Orospu çocukları!" diye bağırmıştı.

Bıçak sağ elinin avcunu delip geçmiş, sonra dibine kadar böğrüne saplanmıştı. Acıyla haykırdığını herkes duymuştu.

"Ay anam!"

Pedro Vicario, kasap bileğinin gücüyle bıçağı geri çekmiş, neredeyse aynı yere ikinci bir darbe indirmişti. "İşin tuhafı, bıçak her defasında tertemiz çıkıyordu," diye sorgu yargıcına ifade vermişti Pedro Vicario. "Ona en az üç kez vurdum, tek bir damla kan bile akmadı." Santiago Nasar, üçüncü bıçak darbesinden sonra kollarını karnının üzerinde kavuşturarak iki büklüm olmuş, dana gibi böğürerek onlara sırtını dönmeye çalışmıştı. Elindeki kıvrık bıçakla sol tarafında duran Pablo Vicario, bunun üzerine sırtına o tek darbeyi indirmiş, büyük bir hızla fışkıran kan gömleğini sırılsıklam etmişti. "Kendisi gibi kokuyordu," demişti bana. Üç kez ölümüne yaralanmış olan Santiago Nasar, bir kez daha onlara yüzünü dönmüş, sanki yalnızca kendisini eşit darbelerle bir an önce öldürmelerine yardımcı olmak istiyormuş gibi en küçük bir direnç göstermeden, sırtını annesinin kapısına dayamıştı. "Artık bir daha bağırmadı," demişti Pedro Vicario, sorgu yargıcına. "Tam tersine, bana öyle geldi ki sanki gülüyordu." Bunun üzerine ikisi de onu kapıya dayandığı yerde, birbiri ardına kolaylıkla indirdikleri darbelerle, bıçaklamayı sürdürmüşlerdi, korkuyu da aşıp öte yanda buldukları göz kamaştırıcı bir su birikintisinin üzerinde yüzüyorlardı sanki. Kendi işlediği cinayetin dehşeti içinde çığlık çığlığa bağrışan halkın sesini de duymuyorlardı. "Sanki dörtnala giden bir atın sırtındaymışım gibi hissediyordum kendimi," diye ifade vermişti Pablo Vicario. Ama ikisi de birdenbire gerçek hayata geri dönmüşlerdi, çünkü bitkin bir haldeydiler, yine de Santiago Nasar sanki hiç yere devrilmeyecekmiş gibi gelmişti onlara. "Allah kahretsin, kuzenim," dedi bana Pablo Vicario, "bir insanı öldürmenin ne kadar zor bir şey olduğunu tahmin edemezsin!" Bu işi sonsuza dek bitirmek amacıyla Pedro Vicario, kurbanının kalbini bulmaya çalışmış; ama domuzların kalbinin bulunduğu ta koltukaltında aramıştı onu. Aslında Santiago Nasar'ın bir türlü yere düşmemesinin nedeni, bıçak darbeleriyle onu kapıya mıhlamış olmalarıydı. Umutsuzluğa kapılan Pablo Vicario, karnına yatay bir bıçak darbesi indirmiş, bütün bağırsakları bir patlamayla dışarı fışkırmıştı. Pedro Vicario da aynı şeyi yapacaktı; ama duyduğu dehşetten bileği burkulmuş, yönünü şaşırarak bıçağı uyluğuna saplamıştı. Santiago Nasar, kendi iç organlarını güneşin altında tertemiz, masmavi görene kadar bir an daha kapıya yaslanmış olarak kalmış, sonra dizleri üzerine yığılmıştı.

Plácida Linero, oğlunu yatak odalarında bağıra çağıra arandıktan ve onun olmayan bağrışları nereden geldiklerini bilemeden duyduktan sonra, meydana açılan pencereden uzanıp bakmış, kiliseye doğru koşmakta olan ikiz Vicario kardeşleri görmüştü. Hemen arkalarından elinde kaplan tüfeğiyle Yamil Shaium ve silahları olmayan başka Araplar koşuyorlardı, Plácida Linero, tehlikenin geçtiğini sanmıştı. Sonra yatak odasının balkonuna çıkmış, Santiago Nasar'ı kapının önünde, kendi kan gölünün ortasında kalkmaya çabalayarak tozun toprağın içinde yüzükoyun yatarken görmüştü. Yan yatarak toparlanmış, dışarı sarkan iç organlarını elleriyle tutarak, rüyadaymış gibi yürümeye başlamıştı.

Evin çevresini tam olarak dolanıp mutfak kapısından içeri girebilmek için yüz metreden fazla yürümüştü. Daha uzun bir yol olan sokaktan gitmek yerine, bitişik evden içeri girmeyi düşünebilecek kadar aklı başındaydı henüz. Poncho Lanao, karısı ve beş çocukları, kapılarının 20 metre ötesinde olup bitenlerden henüz haberli değillerdi. "Bağrışmaları duyduk," dedi bana karısı, "ama piskopos için yapılan şenlikler olduğunu sandık." Tam kahvaltıya yeni oturmuşlarken, Santiago Nasar'ın salkım saçak iç organlarını elleriyle tutarak kan revan içinde içeri girdiğini görmüşlerdi. Poncho Lanao bana şöyle dedi: "Hiç unutamadığım şey, o korkunç bok kokusuydu." Oysa büyük kızı Argénida Lanao, Santiago Nasar'ın, adımlarını ölçe biçe her zamanki zarif haliyle yürüdüğünü, kıvırcık saçları darmadağınık olmuş Arap yüzünün her zamankinden daha yakışıklı olduğunu anlattı bana. Kahvaltı masasının önünden geçerken onlara gülümsemiş, evin arka kapısından çıkıp gidene kadar yatak odalarının içinden yürümeyi sürdürmüştü. "Korkudan donakalmıştık," dedi bana Argénida Lanao. Halam Wenefrida Márquez, ırmağın öte yanındaki evinin avlusunda bir tirsibalığının pullarını temizlemekle uğraşıyordu, Santiago Nasar'ın eski rıhtımın merdivenlerini inip kendinden emin adımlarla evine doğru yürüdüğünü görmüştü.

"Santiago, yavrum!" diye bağırmıştı. "Neyin var?"

Santiago Nasar, onu tanımıştı.

"Beni öldürdüler, Wene Hala," demişti.

Son basamakta tökezlemiş ama kendini hemen toparlamıştı. "Hatta bağırsaklarına bulaşan toprağı eliyle silkelemek titizliğini bile gösterdi," dedi bana Wene Halam. Sonra saat altıdan beri açık olan arka kapıdan evine girmiş; mutfağın içine yüzükoyun yığılıp kalmıştı.